古典文獻研究輯刊

三 編

潘美月・杜潔祥 主編

第 23 冊

唐五代韻書引《說文》考

翁敏修 著

國家圖書館出版品預行編目資料

唐五代韻書引《說文》考／翁敏修著 — 初版 — 台北縣永和市：
花木蘭文化出版社，2006〔民95〕

目 2+176 面；19×26 公分（古典文獻研究輯刊 三編；第 23 冊）

ISBN：978-986-7128-53-9〔精裝〕
ISBN：986-7128-53-2〔精裝〕
1. 中國語言－聲韻－研究與考訂
802.417   95015555

ISBN 986712853-2

9 789867 128539

古典文獻研究輯刊   ISBN：978-986-7128-53-9
三 編 第二三冊   ISBN：986-7128-53-2

唐五代韻書引《說文》考

作　者　翁敏修
主　編　潘美月　杜潔祥
企劃出版　北京大學文化資源研究中心
出　版　花木蘭文化出版社
發 行 所　花木蘭文化出版社
發 行 人　高小娟
聯絡地址　台北縣永和市中正路五九五號七樓之三
　　　　　電話：02-2923-1455／傳真：02-2923-1452
電子信箱　sut81518@ms59.hinet.net
初　版　2006 年 9 月
定　價　三編 30 冊（精裝）新台幣 46,500 元

唐五代韻書引《說文》考

翁敏修　著

作者簡介

翁敏修，民國六十三年生，台灣台北人。東吳大學中國文學系畢業，現為東吳大學中國文學研究所博士生。著有〈出土文獻的檢索與利用〉、〈古文字的檢索與利用〉、〈張元濟在日本〉、〈明代俗字略說〉、《經學研究論著目錄（1993-1997）》（合編）。

提　　要

　　本文以唐五代寫本、刻本韻書所引《說文》為研究對象，研究方法為文獻比較法，主要分兩階段：「找」與「辨」。

　　「找」意指原始資料與相關資料之蒐集：本文原始資料以周祖謨《唐五代韻書集成》與上田正《切韻殘卷諸本補正》為主要來源，整理目前可見《切韻》系韻書類目，並輔以微捲照片、摹本、考釋……等，輯出其中注釋稱引《說文》之處，以為分析之用。相關資料則廣泛蒐集前人於《說文》版本研究之相關著作以及《切韻》、敦煌學、文獻學等資料，以資考訂。

　　「辨」意指對資料進一步分析與歸納：先以長編方式，對韻書引《說文》進行考釋，逐條與大徐本比勘。再使用歸納法，說明韻書引《說文》之作用，進而詳細闡述其引用《說文》之體例、價值與闕失，最後作成結論。

　　本文各章寫作要點分為三部分：第一部分「說文解字與切韻」，說明《說文》流傳經過，並對《切韻》源流與本書引用韻書殘葉作簡單論述。第二部分「唐五代韻書引說文考」，依《說文》十四篇次第，逐條考證唐五代韻書所引《說文》，並利用前人引《說文》之研究成果，加以分析比較，定其是非。第三部分「唐五代韻書引說文綜論」，利用「唐五代韻書引說文考」研究所得，進一步討論唐五代韻書引《說文》之作用、體例與得失。

目

錄

第一章 緒 論

第一節 研究動機與目的

東漢許慎所著《說文解字》〔註 1〕成書後，經歷代不斷鈔寫、流傳，至唐代又遭李陽冰臆改，已失其眞。今日所能得見最早之完整傳本，惟北宋太宗雍熙年間徐鉉、王惟恭、葛湍、句中正等人奉敕校定，即今所謂「大徐本」者。雖力圖恢復舊觀，然就今日傳本觀之，仍有許多訛誤。故利用各種古注舊疏、字書、類書所援引之《說文》，與大徐本比勘，以求其原貌，實爲《說文》研究中重要之一環。

清末敦煌《切韻》系韻書之發現、故宮珍品開放，與蔣斧唐寫本《唐韻》之刊行，於音韻學研究佔有極重要地位。除了能據以上溯陸法言《切韻》原本面目，明白《切韻》系韻書之演變外，另一項特色，即是自中唐以後，晚期韻書所收字數急速增加，訓解亦開始擴充、豐富，所徵引之書目或文獻相當具有參考價值。如〈唐韻序〉云：

> 敢補遺闕，兼集諸書，爲註訓釋……皆按《三蒼》、《爾雅》、《字統》、《說文》、《玉篇》、《石經》、《聲類》、《韻譜》、《九經》、《諸子史》、漢《三國誌》、後魏周隋陳梁兩齊等史、《本草》、《姓苑》、《風俗通》、《古今註》、賈執《姓氏英賢傳》、王僧孺《百家譜》、《文選》諸集、《孝子傳》、輿地誌及武德以來創置迄于開元廿年，並列注中。

據其所載，其中稱引之字書即有《三蒼》、《爾雅》、《字統》、《說文》、《玉篇》……等，雖非完帙，然皆爲其書在唐代流傳之眞實面目，足資參考。

潘鍾瑞〈說文古本考跋〉云：「許書自二徐以來，遞相傳述，唐宋而後，別本

〔註 1〕除完整書名外，以下皆簡稱爲《說文》。

浸多，或彼此不同，或前後互異，其中竄亂增刪，論愈滋而去許愈遠，不有明眼人心通神契，力關榛蕪，末由識古本之眞面」，《說文》於文字學之地位著實重要，無論上考甲骨文、金文，抑或下求文字演變之迹，《說文》皆爲必備之書。有鑒於此，本文擬取現存各種唐五代韻書所引《說文》，與大徐本詳加比對，考其異同，明其作用、價值與闕失，庶少得其原本面目，以爲《說文》研究之一助。

第二節　前人研究成果

《說文》版本研究之方向，大抵有四：

（一）典籍引《說文》研究

其研究範圍有通覽群書者，如（清）沈濤《說文古本考》、徐傳雄《唐人類書引說文考》；有專引一書者，如（清）田潛《一切經音義引說文箋》、李威熊《經典釋文引說文考》。

（二）大小徐本研究

如（清）段玉裁《汲古閣說文訂》、張翠雲《說文繫傳板本源流考辨》。

（三）清代《說文》四大家研究

如（清）許瀚《說文解字義證校例》、鮑國順《段玉裁校改說文之研究》。

（四）唐寫本木部殘卷研究

如（清）莫友芝《唐寫本說文解字木部箋異》、梁光華《唐寫本說文解字木部箋異注評》。

今日可見《說文》最早完整傳本，當推北宋徐鉉等奉敕校定之「大徐本」，然流傳甚久，鈔寫轉訛，已非許氏之舊。故典籍引《說文》研究，即據北宋前各書援引《說文》校正通行之大徐本，甚爲清代學者重視。清代此類之相關著作，計有沈濤《說文古本考》十四卷、田潛《一切經音義引說文箋》十四卷、王仁俊《希麟音義引說文考》一卷、張澍《一切經音義引說文異同》一卷。其中沈濤所著《說文古本考》，廣蒐《九經字樣》、《匡謬正俗》、《玉篇》、《汗簡》、《釋文》、《一切經音義》、《藝文類聚》、《初學記》……等書，用功甚深，雖以一人之力，猶嫌未備，然已啓風氣之先。其後田潛、王仁俊、張澍諸人，則專以《一切經音義》引《說文》爲主，考證精詳。

民國以來，學者循此方向陸續有進一步研究，高明先生於曾忠華《玉篇零卷引說文考》一書序文裡，提出了可供運用古籍之範圍與材料，大致分爲類書、字書、經史子集古注與音義書四類：

　　　　唐以前書引《說文》者甚眾，類書如虞世南《北堂書鈔》、歐陽詢《藝
　　　文類聚》、徐堅《初學記》，字書如顧野王《玉篇》、張參《五經文字》、唐
　　　玄度《九經字樣》，經史子集古注如鄭玄《三禮注》、顏師古《漢書注》、
　　　酈道元《水經注》、李善《文選注》，音義書如陸德明《經典釋文》、玄應
　　　《一切經音義》、慧琳《一切經音義》……之類，莫不可供參稽，苟一一
　　　最錄而訂正之，則唐以前《說文》之原本猶不難考見也。〔註2〕

此後學者續有著述，或為學位論文，或為單篇、專書，大抵不出此一範圍。今將搜
羅民國以來各家考證古書引《說文》之相關著作，依其所據古書著成時代列述如下，
收集對象以研究一本專書或數本同性質專書引《說文》之著作為主：

（一）南北朝─有顧野王《玉篇》一種，相關著作有：

　　　沈壹農《原本玉篇引述唐以前舊本說文考異》

　　　曾忠華《玉篇零卷引說文考》

　　　王紫瑩《原本玉篇引說文研究》

（二）隋、唐─有《經典釋文》、《五經正義》、《漢書》顏師古注、《切韻》、《文選》
　　　李善注、玄應《一切經音義》、慧琳《一切經音義》、《藝文類聚》、《北堂書鈔》、
　　　《初學記》、《白氏六帖》十一種，相關著作有：

　　　李威熊《經典釋文引說文考》

　　　葉程義《禮記正義引書考》說文之部

　　　班吉慶〈漢書顏注引證說文述評〉

　　　劉燕文〈切韻殘卷 S.2055 所引之說文淺析〉

　　　郭景星《文選李善注引說文考異》

　　　李達良〈李善文選注引說文考〉、〈李善文選注引說文校記〉

　　　陳煥芝《玄應一切經音義引說文考》

　　　陳光憲《慧琳一切經音義引說文考》

　　　施俊民〈慧琳音義與說文的校勘〉

　　　徐傳雄《唐人類書引說文考》

　　　劉建鷗《唐類書引說文考》

（三）宋、元以後─有《大廣益會玉篇》、《龍龕手鑑》、《類篇》、《六書故》、《字鑑》、
　　　《廣韻》、《集韻》、《古今韻會舉要》、《本草綱目》等十一種，相關著作有：

　　　柯金虎《大廣益會玉篇引說文考》

〔註2〕曾忠華：《玉篇零卷引說文考》（台北：商務印書館，1970年7月），序2。

朱學瓊〈玉篇引說文考異〉
陳飛龍《龍龕手鑑研究》引書考說文之部
孔仲溫《類篇字義析論》引書考說文之部
韓相雲《六書故引說文考異》
張智惟《戴侗六書故研究》引書考說文之部
李義活《字鑑引說文考》
曾忠華〈廣韻引說文考〉
黃桂蘭《集韻引說文考》
呂慧茹《古今韻會舉要引說文考》
錢超塵〈本草綱目所引說文考〉

以上共計專書 19 部及單篇論文 6 篇，研究重心則集中在原本《玉篇》、《文選》李善注、《一切經音義》以及唐人類書，其原因為時代較早與稱引《說文》數量較多。

清代段玉裁注《說文》時，亦注意到了韻書中有關《說文》之材料，有藉以說明韻書內部規律者，如：

木部「槷」字下注曰：「廣韵槷下曰木槷，說文云海中大船，謂說文所說者古義，今義則同筏也。凡廣韵注，以今義列於前，說文與今義不同者列於後，獨得訓詁之理，蓋六朝之舊也」。

宀部「窺」字下注曰：「廣韵眞韵曰：窺古文親也，震韵曰：窺屋空皃，此今義非古義。凡廣韵之例，今義與說文義異者，必先舉今義而後偁說文，故震韵先云屋空皃而後云說文至也」。

此外亦有藉以考證字形、字義者，如：

車部「轙」字下注曰「各本篆文作轡，解作从絲从轡，五經文字同，中从軸末之轡也，惟廣韵六至轙下云：說文作轙，此蓋陸法言、孫愐所見說文如此而僅存焉」。

近人劉燕文〈切韻殘卷 S.2055 所引之說文淺析〉，將《切韻》引說文與今本相同者分為「只引《說文》字義」、「只引《說文》字形」、「兼引《說文》字義字形」三類，另分析與今大徐本有出入者十三例。其文首先注意到《切韻》殘卷所引《說文》之時代意義，並有初步考證。其文曰：

前人多是從音韻學的角度來研究《切韻》殘卷，在這裡我們想從文字學、訓詁學的角度談談對《切韻》殘卷 S.2055 所引《說文》的一點看法……由於長孫氏為《切韻》作箋比李陽冰治《說文》早七十多年，比徐鉉校《說文》一百三十多年，所以把《切韻》殘卷 S.2055 所引的《說文》搜集起

來，與今大徐本進行比較，是有意義的。〔註3〕
考證範圍雖只限於 S2055 號殘卷一隅，論證亦欠完備，仍有其參考價值。

　　本文擬以前人研究成果爲基礎，進一步深入研究。透過對唐五代韻書殘葉所引
《說文》之全面考察，與大徐本詳加比對，進行有系統之整理與分析，冀能對恢復
《說文》原貌之工作有所助益。

第三節　研究方法與提要

　　本文以唐五代寫本、刻本韻書所引《說文》爲研究對象，研究方法爲文獻比較
法，主要分兩階段：「找」與「辨」〔註4〕。

　　「找」意指資料之蒐集，包括原始資料與相關資料。本文原始資料以周祖謨《唐
五代韻書集成》與上田正《切韻殘卷諸本補正》爲主要來源，整理目前可見《切韻》
系韻書類目，並輔以微捲照片、摹本、考釋……等〔註5〕，輯出其中注釋稱引《說
文》之處，以爲分析之用。相關資料則廣泛蒐集前人於《說文》版本研究之相關著
作以及《切韻》、敦煌學、文獻學等資料，以資考訂。

　　「辨」意指對資料進一步分析與歸納，先以長編方式，對韻書引《說文》進行
考釋，逐條與大徐本比勘。再使用歸納法，說明韻書引《說文》之作用，進而詳細
闡述其引用《說文》之體例、價值與闕失，最後作成結論。

　　本文各章寫作要點分爲三部分：其一爲說文解字與切韻；其二爲唐五代韻書引
說文考；其三爲唐五代韻書引說文綜論。

　　第一部分「說文解字與切韻」，說明《說文》流傳經過，並對《切韻》源流與本
書引用韻書殘葉作簡單論述。

　　第二部分「唐五代韻書引說文考」，依《說文》十四篇次第，逐條考證唐五代韻
書所引《說文》，並利用時代相近典籍引《說文》及前人研究成果，加以分析比較，
定其是非。

　　第三部分「唐五代韻書引說文綜論」，以「唐五代韻書引說文考」研究所得，進
一步討論唐五代韻書引《說文》之體例、得失與作用，並作成結論。

〔註3〕劉燕文：〈切韻殘卷 S.2055 所引之說文淺析〉（1983 年全國敦煌學術討論會文集‧
　　　文史遺書編下，1983 年），頁 320～333。
〔註4〕見王彥坤：《古籍異文研究》（台北：萬卷樓，1996 年 12 月），頁 135。
〔註5〕詳細內容見第二章第二節切韻概述。

第二章 《說文解字》與《切韻》

第一節 《說文解字》之流傳

一、唐以前《說文》之流傳

《說文解字》爲東漢著名經學家及文字學家許愼所著。許愼生平見於《後漢書》，其文曰：

> 許愼字叔重，汝南召陵人也。性淳篤，少博學經籍，馬融常推敬之，時人爲之語曰：「五經無雙許叔重」。爲郡功曹，舉孝廉，再遷，除洨長，卒於家。初愼以五經傳說臧否不同，於是撰爲《五經異義》，又作《說文解字》十四篇，皆傳於世。〔註1〕

《說文》一書，完成於東漢和帝永元十二年（100 年），安帝建光元年（121 年）由子許沖詣闕呈上。此書一出，即受到當時學者重視，如鄭玄注經時即已引用之。

魏晉以降，受到政治分裂混亂、胡漢雜處以及楷隸字體過渡影響，俗文、異體大量出現，也促成字書之流行，《隋書·經籍志》、《舊唐書·經籍志》、《新唐書·藝文志》著錄魏晉以下字書，共計一百三十二部，惜今多亡佚。江式〈古今文字表〉說明了當時文字使用情況：

> 皇魏承百王之季，紹五韻之緒；世易風移，文字改變；篆形謬錯，隸體失眞。俗學鄙習，復加虛巧；談辯之士，又以意說，炫惑於時，難以釐改……乃曰追來爲歸、巧言爲辯、小兔爲䨲、神虫爲蠶，如斯甚眾，皆不

〔註 1〕《後漢書·儒林傳》，卷 79。

—7—

合孔氏古書、史籀大篆、許氏《說文》、《石經》三字也。〔註2〕

據史籍之記載，當時學者傳習《說文》者有：

《三國志・王粲傳》裴注引魏略云魏邯鄲淳善《倉》、《雅》與許氏字指：

淳一名竺，字子叔。博學有才章，又善《蒼》、《雅》、蟲、篆、許氏字指。〔註3〕

《三國志・嚴畯傳》載嚴畯善於《詩》、《書》，又雅好《說文》：

嚴畯字曼才，彭城人也。少耽學，善《詩》、《書》、《三禮》，又好《說文》。〔註4〕

《魏書・術藝傳》載晉江瓊善《倉》、《雅》及《說文》之誼：

六世祖瓊，字孟琚，晉馮翊太守，善蟲篆、詁訓……「臣六世祖瓊家世陳留，往晉之初，與從父兄應元俱受學於衛覬，古篆之法，《倉》、《雅》、《方言》、《說文》之誼，當時並收善譽」。〔註5〕

除了《說文解字》十五卷外，《隋書・經籍志》、《舊唐書・經籍志》著錄當時著作，尚有《說文音隱》四卷、《演說文》一卷（庾儼默注），惜今皆亡佚。觀當時諸多字書之編輯意義，在於以《說文》爲依歸，記錄、辨正諸多古籀、奇惑、俗隸字體，或根據《說文》一書加以闡揚、說解，而呈現文字使用之真實情況。例如：

魏初博士張揖著《古今字詁》，方之《說文》以明古今體用得失：

魏初博士清河張揖著《埤蒼》、《廣雅》、《古今字詁》，究諸《埤》、《廣》，綴拾遺漏，增長事類，抑亦於文爲益者。然其《字詁》，方之許慎篇，古今體用，或得或失矣。〔註6〕

晉呂忱搜求異字而撰《字林》，諸部皆依《說文》：

晉有呂忱，更按群典，搜求異字，復撰《字林》七卷，亦五百四十部，凡一萬二千八百二十四字，諸部皆依《說文》，《說文》所無者，是忱所益。〔註7〕

南朝梁顧野王撰《玉篇》，本《說文》而增加文字：

玉篇三十卷：梁黃門侍郎吳興郡顧野王希馮撰，唐處士富春孫彊增加，大約本《說文》……其文字雖增加，然雅俗雜居，非若《說文》之精

〔註2〕《魏書・術藝傳》，卷91。
〔註3〕《三國志・魏書・王粲傳》，卷20。
〔註4〕《三國志・吳書・嚴畯傳》，卷53。
〔註5〕《魏書・術藝傳》卷91，江式〈古今文字表〉
〔註6〕同上注。
〔註7〕《封氏聞見記》，卷2。

 霰也。〔註8〕

北魏陽承慶撰《字統》，憑《說文》爲本：

> 後魏楊承慶者〔註9〕，復撰《字統》二十卷，凡一萬三千七百三十四字，亦憑《說文》爲本，其論字體，時復有異。〔註10〕

北魏江式著《古今文字》，以《說文》爲本而廣采諸書：

> 「輒求撰集古來文字，以許愼《說文》爲主，爰采孔氏《尚書》、《五經》音注、《籀篇》、《爾雅》、《三倉》、《凡將》、《方言》、《通俗文》、《祖文宗》、《埤蒼》、《廣雅》、《古今字詁》、《三字石經》、《字林》、《韻集》、諸賦文字有六書之誼者，皆以次類編聯，文無復重，糾爲一部」……式於是撰集字書，號曰《古今文字》，凡四十卷，大體依許氏《說文》爲本，上篆下隸。〔註11〕

北齊李鉉著《字辨》，本《說文》刪正經注中謬字：

> 鉉以去聖久遠，文字多有乖謬，感孔子必也正名之言，乃喟然有刊正之意。於講授之暇，遂覽《說文》，爰及《倉》、《雅》，刪正六藝經注中謬字，名曰字辨。〔註12〕

北周趙文深等依《說文》、《字林》刊定六體：

> 文深雅有鍾、王之則，筆勢可觀……太祖以隸書紕繆，命文深與黎季明、沈遐等，依《說文》及《字林》刊定六體，成一萬餘言，行於世。
>
> 〔註13〕

其中北齊顏之推則對《說文》非常推崇，《顏氏家訓》云：「許愼檢以六文，貫以部分，使不得誤，誤則覺之……大抵服其爲書隱括有條例、剖析窮根源，鄭玄注書，往往引其爲證。若不信其說，則冥冥不知一點一畫，有何意焉」〔註14〕，其說明白指出《說文》之價值。

二、唐代之《說文》學

〔註 8〕《直齋書錄解題》，卷 3。

〔註 9〕楊當爲陽，沈濤《銅熨斗齋隨筆》「按《魏書·陽尼傳》承慶爲尼從孫，乃姓陽，非姓楊也。諸書引楊承慶《字統》，皆承《隋志》之誤」。

〔註10〕同注 7。

〔註11〕同注 5。

〔註12〕《北齊書·儒林傳》，卷 44。

〔註13〕《周書·藝術傳》，卷 47。

〔註14〕《顏氏家訓·書證篇》，卷 6。

　　唐代政治趨於統一，文風興盛，《說文》學亦隨之發達。張參《五經文字·序例》曰：「今制國子監，置書學博士，立說文、石經、字林之學，舉其文義，歲登下之，亦古之小學也」，而時人更譽之爲「許學」。〔註15〕其流傳與影響，表現在以下幾方面：

（一）開科取士，《說文》爲重要書籍

　　唐代教育制度發達，《新唐書》謂：「唐制取士之科，多因隋舊，然其大要有三：由學館者曰生徒，由州縣者曰鄉貢，皆升于有司而進退之」〔註16〕，其時設置六學：國子學、太學、四門學、律學、算學、書學，皆隸屬國子監，一般學生以經爲業，兼習《說文》；書學一門，則以《石經》、《說文》、《字林》爲專業，專習小學，《唐六典》〔註17〕云：

> 國子博士掌教文武官三品已上及國公子孫、從二品已上曾孫之爲生者，五分其經以爲之業……其習經有暇者，命習隸書并《國語》、《說文》、《字林》、《三蒼》、《爾雅》。

書學博士掌教文武官八品已下及庶人子之爲生者，以《石經》、《說文》、《字林》爲專業，餘字書亦兼習之。石經三體書限三年業成，《說文》二年、《字林》一年

　　「學而優則仕」，每歲仲冬，由州、縣、館、監舉其經藝有成者送尙書省，經各部考功員外郎試之，補充授官。明書科必須帖經與口試《說文》，《唐六典》云：

> 員外郎掌天下貢舉之職，其類有六……其明書則《說文》六帖，《字林》四帖　諸試書學生帖試通詁，先口試，不限條數，疑則問之，並通，然後試策。〔註18〕

凡舉試之制，每歲仲冬，率與計偕。其科有六……凡明書試《說文》、《字林》，取通訓詁、兼會雜體者爲通《說文》六帖，《字林》四帖，兼口試，不限條數。〔註19〕

　　又《新唐書》也有類似的記載，《新唐書》云：

> 凡書學，先口試，通，乃墨試《說文》、《字林》二十條，通十八爲第。

〔註20〕

（二）字樣學以《說文》爲基礎

　　唐代盛行「義疏之學」，孔穎達等修《五經正義》書成，頒行天下，以爲法式，

〔註15〕《全唐詩》卷815，唐皎然〈答鄭方回〉詩「獨禪外念入，中夜不成定…宗師許學外，恨不逢孔聖」。

〔註16〕《新唐書·選舉志》，卷44。

〔註17〕《唐六典·國子監》，卷21。

〔註18〕《唐六典·尙書吏部》，卷2。

〔註19〕《唐六典·尙書禮部》，卷4。

〔註20〕《新唐書·選舉志》，卷4。

復於書寫字體,亦力求統一。以下所引《群書新定字樣》、《甘祿字書》、《新加九經字樣》諸書序文中,可知當時辨正文字形體,注明通、用、正、俗,制定書寫與應試之規範字體,均以《說文》作為參考:

S388〈群書新定字樣序〉曰:

> 右依顏監《字樣》,甄錄要用者,考定折衷、刊削紕繆……其字一依《說文》及《石經》、《字林》等書,或雜兩體者,咸注云正,兼云二同;或出《字詁》今文并《字林》隱表其餘字書堪採擇者,咸注通用;其有字書不載、久共傳行者,乃云相承共用。

〈甘祿字書序〉曰:

> 字書源流,起於上古,自改篆行隸,漸失本真,若摠據《說文》,便下筆多礙,當去泰去甚,使輕重合宜。

〈新加九經字樣序〉曰:

> 古今字體,隸變不同,若摠據《說文》,即古體驚俗,若依近代文字,或傳寫乖訛,今與校勘官同商較是非,取其適中,纂錄為《新加九經字樣》壹卷。

以上引文值得注意者,在於當時雖以《說文》為本,然文字發展與使用之現實情況,是「改篆行隸,漸失本真,若摠據《說文》,便下筆多礙」、「若摠據《說文》,即古體驚俗」,因此文字必須順應時勢「去泰去甚,使輕重合宜」、「商較是非,取其適中」,此即李陽冰一依己意改動《說文》之間接動機。李陽冰改動《說文》,事見徐鉉〈進說文表〉、徐鍇《說文繫傳·祛妄篇》,然其說多師心之見、謬妄無根,破壞《說文》原本面目甚巨,故後有北宋徐鉉等人奉敕校定《說文》。

（三）著作注疏稱引《說文》

有唐一代,著作甚多,其稱引《說文》為說者,不勝枚舉:類書類,有虞世南《北堂書鈔》、歐陽詢《藝文類聚》、徐堅《初學記》、白居易《白氏六帖事類集》;字書類,有張參《五經文字》、玄度《新加九經字樣》;經傳注疏類,有孔穎達等撰《五經正義》、李賢《後漢書注》、李善《昭明文選注》、司馬貞《史記索隱》;音義書類,有陸德明《經典釋文》、玄應《一切經音義》、慧琳《一切經音義》……等,皆足資考訂原本《說文》面目。

然有學者認為,唐代研習《說文》之法,並無實質上成效,反而對小學、經學有所損害。唐代張參〈五經文字·序例〉即已提出:

> 今制國子監,置書學博士,立《說文》、《石經》、《字林》之學,舉其文義,歲登下之,亦古之小學也。自頃考功禮部,課試貢舉,務於取人之

急，許以所習爲通；人苟趨便，不求當否；字失六書，猶爲壹事；五經本
文，蕩而無守矣。

今人張其昀認爲：「早在唐代，就有了『說文之學』的稱呼……但那只是便宜指稱
而已，其實不過是指課試時讓學子默寫《說文》的一些條目」〔註21〕，此即針對《五
經文字‧序例》一文而發。清代王筠以爲：「凡觀說解，毋論長短，其從容古雅者，
皆原文也；匆遽而詰屈者，皆唐之試明字科者所刪改也。」〔註22〕，是知唐代文字
學缺失之一爲「字失六書，五經本文蕩而無守」，另爲求考試方便計，不免對《說文》
有所刪削。

唐以前《說文》之流傳，大抵如上所述。雖於三國至南北朝，嫻熟小學、研習
《說文》者不乏其人，唐代《說文》更被奉爲圭臬，惜竟無所傳。考其板本，以唐
寫本木部殘卷百餘字、口部殘卷十餘字爲最古，惜皆爲殘帙〔註23〕，今日所見最完
整者，惟北宋徐鉉、王惟恭、葛湍、句中正等奉敕校定《說文解字》。

第二節　《切韻》概述

《切韻》之作者爲陸詞、字法言，書成於隋仁壽元年（601），〈切韻序〉云：

昔開皇初，有儀同劉臻等八人，同詣法言門宿。夜永酒闌，論及音韻，
以古今聲調，既自有別；諸家取捨，亦復不同……因論南北是非，古今通
塞，欲更捃選精切，除削疏緩……遂取諸家音韻、古今字書，以前所記者
定之，爲《切韻》五卷。

其書編撰之目的，在綜合前代韻書之大成，以明古音今音之沿革。然缺點爲說解太
過簡略，每字但註明反切及同音字字數，於常用字少有訓解。

唐代因考試與賦詩需要，使韻書有了進一步發展。自法言《切韻》以下，傳鈔、
增補《切韻》之事非常盛行，以日人藤原佐世《見在書目錄》小學家類所收爲例，
就有王仁昫、釋弘演、麻杲、孫愐、孫伷、長孫納言、祝尚丘、王在藝、裴務齊、
陳道固、沙門清澈、盧自始、蔣魴、郭知玄、韓知十等十五家，可惜多已亡佚。以
目前可見較完整者如：長孫訥言箋注本《切韻》（S2055）、《王仁昫刊謬補闕切韻》、
孫愐《唐韻》……等作比較，都是在原本《切韻》基礎上，將韻部、收字字數、說

〔註21〕張其昀：《說文學源流考略》（貴陽市：貴州人民出版社，1998年1月），頁3。
〔註22〕《說文釋例》卷19，頁33下。
〔註23〕唐寫本木部殘卷今歸日人內藤虎氏，口部殘卷見日本京都東方學報第10冊第1分「說
文展覽餘錄」。

解作改進。我們可由長孫訥言箋注本《切韻》序、《唐韻》序這兩篇文字，知道當時增補韻書之概況：

〈切韻序〉〔註24〕曰：

> 然苦傳之已久，多失本源……晉豕成群，薀櫛行拔，魯魚盈貫，遂乃廣徵金篆，遐泝石渠；略題會意之詞，仍記所由之典；亦有一文兩體，不復備陳；數字同歸，惟其擇善；勿謂有增有減，便慮不同；一點一撇，咸資則像。又加六百字，用補闕遺，其有類雜，並爲訓解，但稱按者，俱非舊說。

〈唐韻序〉〔註25〕曰：

> 唯陸法言《切韻》，盛行於代，隨珠尚纇，和璧仍瑕；遺漏字多，訓釋義少；若無刊正，何以討論……敢補遺闕，兼集諸書，爲註訓釋。州縣名目，多據今時；又字體偏傍，點畫意義；從才從木，著彳著亻；並悉具言，庶無紕謬……今加三千五百字，通舊摠一萬五千文；其著訓解，不在此數；勒成一家，并具三教；名曰《唐韻》，蓋取《周禮》之義也。皆按《三蒼》、《爾雅》、《字統》、《說文》、《玉篇》、《石經》、《聲類》、《韻譜》、《九經》、諸子史、漢《三國誌》、後魏周隋陳梁兩齊等史、《本草》、《姓苑》、《風俗通》、《古今註》、賈執《姓氏英賢傳》、王僧孺《百家譜》、《文選》諸集、《孝子傳》、輿地誌及武德以來創置迄于開元廿年，並列注中。

後代切韻系韻書成書目的，即在於「廣徵金篆，遐泝石渠」、「兼集諸書，爲註訓釋」，並利用文獻資料改善《切韻》「遺漏字多，訓釋義少」，以及屢經傳鈔後「晉豕成群，魯魚盈貫」之缺點。值得注意者，其用來增加注解之文獻十分豐富，除《詩經》、《尚書》、《爾雅》、《說文》之外，還包括了其他史部、子部、集部……等。

二十世紀初，於我國敦煌、吐魯番陸續發現了多種唐五代韻書，以及蔣斧《唐韻》、故宮兩部《刊謬補闕切韻》公諸於世，爲切韻研究帶來重要影響。北京大學出版之《十韻彙編》、姜亮夫《瀛涯敦煌韻輯》、潘重規先生《瀛涯敦煌韻輯新編》陸續將各種卷子刊出與影寫，終得一睹全貌。目前蒐集唐五代韻書最完備者，首推周祖謨《唐五代韻書集存》一書，計有30種寫本、刊本，書中並依文書體例、形質與內容，將所收錄韻書分爲七大類。

以下即依《集存》之分類，略述本文引用之韻書殘卷所存內容、特色及輔助資

〔註24〕見裴務齊刊謬補缺切韻、S2055。
〔註25〕此據清·卞永譽：《式古堂書畫彙考》卷八所載，與《廣韻》所載唐韻序稍有出入。

料，未引《說文》之韻書殘卷不作說明，韻書題名前數字為《集存》之編號：

一、陸法言《切韻》傳寫本

　　本類計 6 種，共同點是收字少、沒有增加字、常用字多無訓解，據推測時代較早，當屬陸法言《切韻》原書的傳寫本。本類各卷均無援引《說文》。

二、箋注本《切韻》

（2.1）S2071

　　寫本，原卷今藏英國倫敦大英博物館，今存平上入四卷，平聲上存 3 鍾至 26 山；平聲下、上聲皆首尾完整；去聲全闕，入聲存 1 屋至 27 藥，計 821 行。周祖謨以「純」、「屯」字避唐憲宗諱，定為元和以後九世紀人所書〔註26〕。周氏云：「本書注文中有案語：例如本書侵韻『針』字下有『按文作鍼』四字（文指《說文》），不見於《切韻》殘葉四（斯六一八七）……類此案語共有三十二處……書中案語大都根據《說文》說解字形，只有幾處是說明字義的，凡引《說文》處一律作『文』，可能是寫者所節略」〔註27〕，今覆按微捲照片，較周氏統計為多，共得 38 條。

（2.2）S2055

　　寫本，原卷今藏倫敦大英博物館，潘重規先生曰：「白楮，四紙半。字拙，無四界，無天地頭，無朱點校。此卷寫手訛率，不為典要」〔註28〕。今存陸法言序、長孫訥言序、上平韻目與 1 東至 9 魚。本卷體例不純粹，之韻至魚韻共 20 行，體例與其他各韻明顯不同，當為抄寫者據王仁昫《切韻》增補。

（2.3）P3693

　　寫本，原卷今藏法國巴黎國家圖書館，潘重規先生曰：「白楮，二紙，四界。楷法甚工。韻數皆朱書，小韻皆加朱點……韻次皆與宋濂跋本王仁昫刊謬補缺切韻相同」〔註29〕。學者依筆跡與體例研究，P3693、P3696、S6176、P3694 當為同一書，遭斯坦因與伯希和各劫去一部份，遂分置二地，今存上聲 25 銑至 32 馬與 36 蕩至 50 檻。

P3696

〔註26〕《集存》下冊，頁 827。
〔註27〕《集存》下冊，頁 830。
〔註28〕《新編》頁 221。
〔註29〕《新編》頁 581。

寫本，原卷今藏巴黎國家圖書館，潘重規先生曰：「白楮，一紙，正反面書。……筆迹與 P 三六九三全同，蓋爲同書」〔註30〕，今存去聲韻目與 1 送至 5 寘、14 祭至 18 隊。

S6176

寫本，原卷今藏倫敦大英博物館，今存去聲 20 廢至 27 翰與 32 嘯至 40 漾。

P3694

寫本，原卷今藏巴黎國家圖書館。潘重規先生曰：「白楮，一紙，四界。……小韻皆加點。字工，似與 P 三六九三同一寫手，蓋同一書」〔註31〕，今存去聲 44 勁至入聲 1 屋與入聲 5 質至 11 末。

（2.補）ДХ01372〔註32〕

寫本，《集存》據〈ソ連にある切韻殘卷について〉增入，今藏蘇聯科學院東方學研究所，《俄藏敦煌文獻》刊有完整照片，並已將原卷誤貼處改正，今存入聲 27 藥至 29 職凡 34 行。

三、增訓加字本《切韻》

（3.2）P3799

寫本，原卷今藏巴黎國家圖書館，潘重規先生曰：「黃楮，一紙，四界。存入聲廿五怗、廿六緝、廿七藥凡二十一行。字古拙」〔註33〕，周祖謨根據所收文字及訓解，推斷本書時代當在裴本《切韻》及《唐韻》之前〔註34〕。

（3.3）P2017

寫本，今藏巴黎國家圖書館，存《切韻》序、四聲韻目、平聲東韻，其特色在完整保存陸法言 193 韻韻目。

（3.4）S6103

寫本，原卷今藏倫敦大英博物館，今存入聲職得業乏凡23行。

（3.補）ДХ01267〔註35〕

〔註30〕《新編》頁 600。
〔註31〕《新編》頁 587。
〔註32〕《集存》與《補正》均作「DX」，今依《俄藏敦煌文獻》改題名與編號，以下 ДХ01267、ДХ01466 同。「ДХ」爲俄文「敦煌」之意。
〔註33〕《新編》頁 605。
〔註34〕《集存》下冊，頁 854。
〔註35〕《集存》頁 4 台灣版補遺影印日人上田正〈ソ連にある切韻殘卷について〉題名作

寫本，《集存》據〈ソ連にある切韻殘卷について〉增入，今藏蘇聯科學院東方學研究所，《俄藏敦煌文獻》有完整照片，今存上聲霽韻 2 行。

四、王仁煦刊謬補缺《切韻》

（4.2）P2011

寫本，即《十韻彙編》所稱之「王一」，原卷今藏巴黎國家圖書館，日本二玄社《敦煌書法叢刊》第 2 卷刊有完整照片。今存平、上、去、入五卷共二十二紙，均有殘闕，卷中有「刊謬補缺切韻」及「朝議郎行衢州信安縣尉王仁昫字德溫新撰定」字樣，以說明書名與作者。

（4.3）王仁煦刊謬補缺《切韻》（王）

寫本，歷代均藏於帝王內府，今歸北京故宮博物院。本書為唐本韻書流傳至今，唯一完整無缺之一部。共二十四葉、四十七面、每面書三十五行或三十六行，書首題名「刊謬補缺切韻」、下注云：「刊謬者謂刊正訛謬；補缺者加字及訓」，並題「朝議郎行衢州信安縣尉王仁昫字德溫新撰定」，又有王仁昫序與陸法言序，曰「陸詞字法言撰切韻序」，末有明代宋濂跋語。唐蘭云：「此書原本以兩紙合為一葉，故兩面均光滑也，書脊相連，又面兩書，均與西方書同……此種葉子裝當為書籍由卷變冊之始，其後變為蝴蝶裝，更後則為今通行之裝法矣」，有龍宇純《唐寫全本王仁昫刊謬補缺切韻校箋》摹寫本。

五、裴務齊正字本刊謬補缺《切韻》

（5.1）裴務齊正字本刊謬補缺《切韻》（裴）

寫本，即王國維所謂「內府藏唐寫本刊謬補缺切韻」、《十韻彙編》所稱之「王二」，民國十年左右羅振玉、王國維在清室整理書籍時發現。書首題名「刊謬補缺切韻」，下注云「并序，刊謬者謂刊正訛謬；補缺者加字及訓」，又另題有「朝議郎行衢州信安縣尉王仁昫撰」、「前德州司戶參軍長孫訥言注」、「承奉郎行江夏縣主簿裴務齊正字」三行，載王仁昫序、長孫訥言序與字樣（字形偏旁辨異）一段。王國維謂此書為王仁昫用長孫氏、裴氏二家所注陸法言《切韻》重修者，故兼題二人之名〔註36〕。周祖謨則以韻目次第名稱、各卷體例不純粹、小韻收字數目、反切、注釋……

「DX3109＋DX1267」，《俄藏敦煌文獻》改作「ДХ01267＋ДХ03109」，並刊布完整照片，筆者判斷當分為二，說詳見附錄二。

〔註36〕《觀堂集林》卷八〈書內府所藏王仁昫切韻後〉。

等，考定非單純一家之作，而是采用兩種以上不同韻書纂錄而成，時代在唐中宗以後〔註37〕。共計 195 韻〔註38〕，平聲存 1 東至 9 之韻之半、42 肴至 54 凡；上聲存 1 董至 18 吻、四十二 42 有至 52 范；去聲與入聲完整無闕。

六、《唐韻》寫本

（6.2）P2018

寫本，今藏巴黎國家圖書館，存東、冬、鍾三韻，計 14 行。周祖謨以訓解、反切、避諱、「恭、蚣、樅」入冬韻，斷此卷爲《唐韻》一類〔註39〕。

（6.3）《唐韻》（唐）

寫本，清末爲吳縣蔣斧所得，有上海國粹學報影印本，原本今佚。共四十四葉，每葉二十三行，存去聲 8 未至 19 代、25 願至 59 梵與入聲全部。王國維曰：「《廣韻》注中紀姓氏者皆孫愐舊文，極爲詳核。此本則多刪節，又他書所引《唐韻》及孫愐《切韻》，亦與此本頗有異同，蓋傳寫既多，寫者往往以意自爲增損，固其所也」〔註40〕。周祖謨以避睿、代宗諱、代宗之後不諱以及注文內容，推測可能寫於唐代宗之世〔註41〕。

（6.補）ДХ01466

寫本，《集存》據〈ソ連にある切韻殘卷について〉增入，原卷今藏蘇聯科學院東方學研究所。今存平聲虞模齊三韻、凡二十三行。

七、五代本韻書

（7.3）P2014

刻本，有補鈔處，原卷今藏巴黎國家圖書館，引《說文》計 13 條。本卷與 P2015、P2016、P4747、P5531 爲一類書，周祖謨以板面、板數前後連接、所存韻目、紐次、注文訓釋判斷，平聲上聲爲一種書，入聲爲另一種〔註42〕。

P2015

〔註37〕《集存》下冊，頁 891。
〔註38〕書首云：「右四聲、五卷、大韻惣有一百九十三、小韻三千六百七十一」，依書中各韻韻數總計則爲一百九十五。
〔註39〕《集存》下冊，頁 909。
〔註40〕見〈唐寫本唐韻殘卷校勘記序〉，《王國維遺書》冊 5。
〔註41〕《集存》下冊，頁 912。
〔註42〕《集存》下冊，頁 932。

原卷今藏巴黎國家圖書館。

P5531

原卷今藏巴黎國家圖書館。

（7.4）P2016

今藏巴黎國家圖書館，存平聲東韻 7 行，引《說文》計 1 條。本紙貼於（7.3）
P2016 之背後，當別爲二種。

（7.5）TID1015〔註43〕

刻本，出自新疆吐魯番，今藏德國普魯士學士院，存平聲寒桓韻凡 13 行。周祖
謨曰：「字體類顏眞卿，雖然整齊，但不如宋刻本那樣工緻，似爲五代間刻本，周圍
有雙邊欄，所存爲一板的後一部分」〔註44〕。

（7.6）TⅡD1

刻本，出自新疆吐魯番，今藏普魯士學士院，存去聲恩恨翰線笑效号韻，均爲
斷片。周祖謨曰：「字大行疏，刻工精緻，板邊作雙欄，每板十八行，板心一行則上
刻『切韻』二字，下有葉數和刻工姓名，完全是宋代書板形式，當爲五代末、北宋
初之間所刻……這一定是在蔣本《唐韻》以後的一種《切韻》無疑」〔註45〕。

（7.補）P2659

寫本，今藏巴黎國家圖書館，《集存》入附錄。存上聲馬韻馬字 5 行，上田正曰：
「訓注は『廣韻』に近いものである」〔註46〕，王重民曰：「字書五行，僅存馬字，
似爲唐韻」〔註47〕。

〔註43〕此卷題名諸家有異，《集存》頁 775 題作「TIL1015」，《新編》頁 407 題作「VI21015」，
今依《切韻殘卷諸本補正》改。

〔註44〕《集存》下冊，頁 943。

〔註45〕《集存》下冊，頁 944。

〔註46〕《補正》頁 36。

〔註47〕見《敦煌遺書總目索引》。

第三章　唐五代韻書引說文考

前　言

　　本節將本文及本章題名、採用資料、標列數字、使用符號及考證所用書目、聲紐韻部等相關條例說明如下：

一、本文名曰「唐五代韻書引說文考」，「唐五代」表示其著作及流傳所屬時代，「韻書」則包括題名與學者研究認定爲《切韻》、《刊謬補闕切韻》、《大唐刊謬補闕切韻》、《唐韻》等切韻系韻書，前提爲現今尚存而可見者。「引說文」之範圍，則以其訓解有「說文……」、「出說文」等明言出自《說文》者始收錄之。

二、本文韻書原始材料以周祖謨《唐五代韻書集成》所收爲主，以國家圖書館藏微捲照片、學者摹本、其他相關資料爲輔。校勘底本用上海涵芬樓影日本岩崎氏靜嘉堂藏宋刊《說文解字》（大徐本），並參考小徐本、段注本、其他相關資料。

三、本章統計唐五代韻書引《說文》凡 933 條，細目參見附錄一唐五代韻書引《說文》字表，考證之方式如下：

　　（一）與今本釋形釋義有異，可資考訂者，出「案：」之語考釋之。

　　（二）說解形式爲「說文……」、「……，出說文」，釋義與今本同者，不加考證。

四、本章考證依《說文》十四篇卷次第，體例如下：

祜　說文云祜廟文祭，加（唐・入沃）
告祭也，从示告聲（一上・示部 2a）
案：

—19—

（一）首行爲韻書注文引《說文》原文，注明韻書名稱與四聲韻目，韻書名稱有簡稱處，其全名見第二章第二節。寫本字跡模糊難辨時，以□表示；部分可辨識者以 某 表示；有破損闕脫時，以 …… 表示。書寫符號「ゝ」、「—」依寫本原式迻錄，表示同字頭或同上一字。

（二）次行爲大徐本《說文》原文，注明篇卷、部首與頁碼，以利查考。遇重文、俗寫之形體考辨時，並錄字形。大徐本有明顯刊刻錯誤之字，可據孫星衍刊本、小徐本、段注本及文意改正者，以黑體字表示，並加注解。

（三）次爲案語考證，引用前人著作名稱有簡稱處，其全名見文末參考書目。音韻考證聲母採黃侃 41 聲紐，韻母採廣韻 206 韻，古韻分部依段玉裁〈今韵古分十七部表〉。

第一上

祜　說文云祜廟文祭，加（唐‧入沃）
　　告祭也，从示告聲（一上‧示部 2a）

案：《唐‧入沃》引《說文》釋義與今本不同，「文」疑「之」字之誤，參見「碧」
　　字條。當作「祜廟之祭」，《禮記‧檀弓下》「是日也，以吉祭易喪祭，明日祔于
　　祖父」，鄭注「祭告於其祖之廟」爲其本。《裴‧入沃》「祜　告祭」、《廣‧入沃》
　　「祜　說文云告祭也」與今本同，《裴韻》引《說文》而檃括其義。「說文云」
　　爲韻書引《說文》釋義之用語。

玉　朽玉，說文云琢玉工。又姓，玉況字文伯，光武以為司徒（唐‧入屋）
珬　朽玉，出說文，加（唐‧去宥）
　　珬　朽玉也，从玉有聲，讀若畜牧之畜（一上‧玉部 4a）

案：《唐韻‧去宥》說解與大徐本同。段玉裁改篆文「珬」爲「玉」，其說曰：「各本
　　篆文作珬，解云从玉有聲，今訂正。《史記》「公玉帶」，索隱曰：《三輔決錄》
　　注云渡陵有玉氏、音肅，《說文》以爲从王、音畜牧之畜，此可證唐本但作玉不
　　作珬」，段氏所改是。考《S2071‧入屋》「玉　朽玉，又人姓」、《王‧入屋》「玉
　　琢玉工，又姓ヽ」去聲無珬字、《裴‧入屋》「玉　朽玉，亦人姓，又後漢有玉
　　說，又許救反」去聲無珬字，據上述各韻書，朽玉字本作「玉」，屬合體象形，
　　「珬」爲晚唐後起形聲字，各本韻書未見。又《王韻》、《廣韻》、《集韻》琢玉
　　工皆不言出《說文》，其義後起，當非出於《說文》。

瓏　圭為龍文，案說文以禱旱（裴‧平鍾）
　　禱旱玉，龍文，从玉从龍、龍亦聲（一上‧玉部 4a）

案：《裴‧平鍾》引作「以禱旱」與今本不同，禱前多一「以」字；旱後脫「玉」
　　字，蓋檃括《說文》之義而言之，「案」字乃爲晚期韻書說解所加，或作「按」
　　者亦同。

碧　色也，說文石文美者，方彳反，一，加（唐‧入昔）
　　石之青美者，从玉石白聲（一上‧玉部 5b）

案：「文」當爲「之」，二字形近而誤。此作「石文美者」美前無「青」字，與慧琳
　　《一切經音義》卷三、卷五、玄應《一切經音義》卷十一所引同，知唐本《說

文》當無「青」字，後人因碧有青色而加之。

珊　一瑚，廣雅曰一瑚珠也，說文曰一瑚生海中而色赤也（TID1015・平 寒 ）

　　珊瑚，色赤生於海，或生於山，从玉刪省聲（一上・玉部 6a）

案：《廣・寒韻》「珊　珊瑚，廣雅曰珊瑚珠也，說文曰珊瑚生海中而色赤也」，所引字句略有出入，韻書所引乃檃括其義。「說文曰」亦為韻書引《說文》釋義之用語。

聟　說文作壻，從七胥聲（P3696・去 霽 ）

　　壻　天也，从士胥聲，詩曰女也不爽，士貳其行，士者夫也，讀與細同
　　婿、壻或从女（一上・士部 6b）

案：「聟」為「壻」之俗，見《干祿字書》，又《禮記・昏義》「壻執雁入」，釋文「壻或又作聟」〔註1〕。此引《說文》說解字形與釋音，「聲」當作「壻」、「七」又當作「士」，字之誤也。

中　按說文和也，陟隆反，又陟仲反，三（S2055・平東）

　　而也，从口、｜上下通（一上・｜部 7a）

案：小徐本「中，和也，从口，｜下上通」與此同，段玉裁改釋義作「內也」，其說曰：「俗本和也、非是，當作內也。宋麻沙本作肉也，一本作而也，正皆內之譌。」考《P2017・平東》「中　陟隆反，三，中央、和，又陟仲反，當」、《裴・平東》「中　陟隆反，和也、當也，又陟仲反，三加一」，《切韻》釋義均作和，無作內者；又《集・平東》、《類篇・｜部》「中　陟隆切，《說文》和也，从口从｜，上下通」，二引《說文》亦作「和」。是《說文》本作「和」，宋人或改為「內」，又形訛為「而」，當從小徐本與《切韻》。

㠱　旌旗柱，按說文大函（P3693・上獮）

　　旌旗杠兒，从｜从㫃、㫃亦聲（一上・｜部 7a）

案：旌旗柱今本《說文》作「杜」，小徐本作「杠」，段注從之。考《篆隸萬象名義・｜部》「㠱　了陵反，旌旗柱兒」，與韻書訓解同，疑《說文》本當作「旌旗柱兒」，「杜」、「杠」二字皆形近之誤也。惟「大函」之義，《S2071・上獮》、《王・上獮》、《廣・上獮》各韻書均未見，未知何所據。

〔註1〕《禮記・昏義》十三經注疏本，卷61，頁5。

第一下

莊　按文作莊，側羊反，三（S2071・平陽）
　　莊　上諱　牂、古文莊（一下・艸部 1b）

案：「莊」爲「莊」之俗字，《廣・平陽》「莊、嚴也，又莊田，《爾雅》曰六達謂之莊，亦姓，莊周、著書也　莊、俗」。此字頭用俗字而引《說文》說解字形之例，其形與今本同。「文作某」表示《說文》之字形正當作某，所引「說文」省作「文」，爲 S2071 號殘卷之特例。

蓏　菓蓏，按說文木曰菓，在地曰蓏（P3693・上哿）
　　在木曰果，在地曰蓏，從艸从瓜（一下・艸部 1b）

案：所引釋義與今本略有不同，韻書所引缺「在」字，又用俗字「菓」代正字「果」，當以今本爲正。

藿　豆葉也，又香草□，案說文 卡…… （ДX01372・入鐸）
　　蘿　卡之少也，從艸靃聲（一下・艸部 1b）

案：「藿」爲「蘿」之省，邵瑛《說文解字群經正字》「蘿　今經典多作藿」〔註2〕。此引《說文》補充釋義，卡字以下闕。沈濤《古本考》「濤案：《文選・阮籍詠懷詩》注引『藿豆之葉也』，蓋古本如是……卡豆一物，今本少字誤，《玉篇》、《尒雅・釋艸》、《釋文》、《御覽》八百四十一百穀部皆引同今本，疑淺人據今本改」〔註3〕，《ДX01372・入鐸》則以豆葉爲義，又引《說文》補充之，二義分別，知沈說非也。

藭　渠隆反，三，營藭也，按說文作此營（S2055・平東）
　　營藭也，從艸窮聲（一下・艸部 2a）

案：《說文・艸部》「營　營藭、香艸也，從艸宮聲」，「營」、「藭」別爲二字而爲連綿詞，朱駿聲《通訓定聲》曰：「藭　營藭、香草也，從艸窮聲。按營藭疊韻連語，今謂之川芎」〔註4〕。「藭」字下引「說文作此營」，與引《說文》說解字形不同，亦非說明假借，當爲韻書說解連綿詞之特例。

〔註2〕《詁林》頁 2～476 所引。
〔註3〕《古本考》卷 1 下，頁 2。
〔註4〕《通訓定聲》豐部第 1，頁 38。

薊　草名，說文作此薱，北胡（P3696・去齊）
薊　草名，說文作此薊（裴・去霽）
　　薊　芙也，从艸劍聲〔註5〕（一下・艸部 2b）

案：「薊」為「薊」之俗字，篆文魚作「魚」、角作「角」，二者相似而俗寫多混淆，《玉篇・艸部》「薊、古麗切，薊芙也　薊、同上，俗」可證。二韻書字頭用俗字而引《說文》說解字形，《裴・去霽》字形同今本，《P3696・去齊》「薱」則為薊字篆形之隸定。「說文作此某」表示《說文》之字形正當作某。

崔　木名、似桂，案說文艸名（S2055・平脂）
　　艸多皃，从艸隹聲（一下・艸部 3a）

案：此引釋義與今本不同，「名」當作「多」，涉上文「木名」而誤。《集・平脂》「崔　說文艸多皃，一曰艸名、荒蔚也，一曰木名、似桂，一曰泉未匯者」可證。

薢　ﾍ若也，出說文（P3696・去卦）
　　薢茩也，从艸解聲（一下・艸部 4b）

案：此引釋義而有誤字，「若」當從今本作「茩」，「右」、「后」形近而誤。《說文・艸部》「茩　薢茩也，从艸后聲」、《唐・去卦》「薢　薢茩、藥名，加」可證。「出說文」表示此字早期韻書未註明出處，今引《說文》補充說明之。

菡　菡萏、荷花，按文作藺（S2071・上感）
　　藺　菡藺，芙蓉華未發為菡藺，已發為芙蓉，从艸闔聲（一下・艸部 4b）

案：「菡」為「藺」之俗省，《拈字》「藺　菡藺，芙蓉華未發為菡藺，已發為夫容，从艸闔聲，徒感切，今俗作菡、非是」〔註6〕。此字頭用俗而引《說文》說解字形，其形同今本。

藕　五口反，三，說文作此蕅（P3693・上厚）
　　蕅　芙渠根，从艸水禺聲（一下・艸部 4b）

案：藕為「藕」之誤字，「禾」、「耒」形似而致誤，《玉篇・艸部》「藕、五後切，荷根曰藕　蕅、同上」可證。此字頭用或體而引《說文》說解字形，其形同今本。

椹　食稔反，一，說文作此葚（P3693・上寢）

〔註5〕大徐本「劍」作「劊」，形誤，今依小徐本、段注本改。
〔註6〕《詁林》頁 2～668 所引。

葚　桑實也，从艸甚聲（一下・艸部 5b）

案：「椹」爲「葚」之俗，桑實爲植物名，形符以木代艸，其義一也。王筠《句讀》「葚　〈衛風・氓〉無食桑葚，釋文葚本又作椹。曹憲注《廣雅》曰今人以椹爲桑食，失之」〔註7〕、《廣・上寑》「葚、說文曰桑實也，食荏切，二　糂、上同，俗又作椹，椹本音砧」可證。此引《說文》說解正字字形，其形「甚」同今本。

蕤　儒隹反，三加一，說文草木（S2055・平脂）

蕤　儒隹反，三加四，律管名，案說文草木華垂（裴・平脂）

　草木華垂皃，从艸狌聲（一下・艸部 6a）

案：所引釋義而省略其文，考《集・平脂》「蕤荎　《說文》艸木花垂皃，一曰蕤賓、律名，或省」及《文選・李善注》凡四引《說文》〔註8〕，知《S2055・平脂》、《裴・平脂》所引皆有省略，當以今本《說文》爲是。

蓨　按說文萎蓨（S2055・平支）

蓨　案說文萎蓨草（裴・平支）

　艸萎蓨，从艸移聲（一下・艸部 6a）

案：此引《說文》釋義而有誤，考《王・平支》「蓨　萎丶」、《廣・平支》「蓨　萎蓨草」亦相沿而誤，艸字或誤移至最後，或誤脫去，皆當以今本《說文》爲正。

兹　子之反，九加一，說文草木多益也，作此兹（S2055・平之）

　茲　艸木多益，从艸兹省聲（一下・艸部 6a）

案：此引《說文》釋義與說解字形，皆與今本同，然誤「兹」、「茲」爲一。《說文・玄部》「兹　黑也，从二玄，春秋傳曰何故使吾水兹」，兹與茲有別；《集・平之》「兹絲、津之切，《說文》黑也，引春秋傳曰何故使吾水兹　茲、說文艸木多益」分別爲二字，此爲《集韻》編者加以分別之。

落　盧各反，十七加一，說文草曰苓、木曰落也（Д Х01372・入鐸）

　凡艸曰零、木曰落，从艸洛聲（一下・艸部 6b）

案：此引《說文》釋義與今本不同，《說文・艸部》「苓　卷耳也，从艸令聲」爲草木名亦非凋落義。「苓」、「零」皆爲假借，其本字當爲「蘦」，見《爾雅・釋詁》

〔註7〕《句讀》卷2，頁21。

〔註8〕《文選》卷5〈吳都賦〉、卷17〈文賦〉、卷29〈園葵詩〉、卷31〈張黃門苦雨〉。

「薴　落也」，「落」、「苓」皆從艸，則《說文》當從韻書所引作「苓」爲長，沈濤《古本考》「濤案：《禮‧王制》、《尒雅‧釋詁》釋文皆引『艸曰苓木曰落』，是古本作苓不作薴」〔註9〕，其說可參。

茉　說文云耕┄┄┄（唐‧去隊）
　　耕多艸，从艸未、未亦聲（一下‧艸部7a）
案：此引釋義而韻書有殘闕，考《王‧入隊》「茉　耕多草」、《裴‧入誨》「茉　耕多草」、《廣‧入隊》「茉　耕多草」，釋義均與今本同，《唐‧去隊》「耕」下闕「多草」二字。

藥　說文云□病草，又姓、後漢有南陽太守河內藥，以灼反，十四加五（唐‧入藥）
　　治病艸也，从艸樂聲（一下‧艸部7a）
案：原卷□字傳寫模糊不可釋，考《廣‧入藥》「藥　《說文》云治病草，《禮》云醫不三世不服其藥，又姓、後漢有南陽太守河內藥崧，以灼切，三十一」與今本同，《唐‧入藥》反切前脫一「崧」字，□字當依《廣韻》作「治」，所引釋義與今本《說文》同。

菹　側魚反，二，說文作此葅（S2055‧平魚）
　　葅　酢菜也，从艸沮聲（一下‧艸部7b）
案：「菹」爲「葅」之或體，《廣‧平魚》「葅　說文云酢菜也，亦作菹，側魚切，四」、《玉篇‧艸部》「葅、側於切，淹菜爲葅也　菹、同上」可證。此字頭用或體而引《說文》說解字形之例，其形「葅」與今本同。

薀　瓜菹，出說文，加（唐‧去闞）
　　藍　瓜葅也，从艸監聲（一下‧艸部7b）
案：「菹」爲「葅」之或體，見前。此引《說文》釋義，大徐本篆文作「藍」，與前一篆文「藍　染青艸也，从艸監聲」字形全同，誤。張次立謂「臣次立按：前已有藍，染青艸也，此文當從艸濫聲，傳寫之誤也」〔註10〕，段玉裁直改篆文作「薀」，曰：「各本篆作藍，解誤作監聲，今依廣韵、集韵訂，魯甘切，八部」，沈濤《古本考》「濤案：《御覽》八百五十六飲食部引同，而字作薀，小注云：

〔註9〕《古本考》卷1下，頁20。
〔註10〕小徐本，通釋卷2。

瀩力甘切，非誤字易字，乃《御覽》所據本篆文如此。《廣韻》二十三談云『瀩瓜萡』、又五十四闞云『瀩瓜萡也出說文』，若如今本則與染青艸之字無別矣」〔註11〕，其說是，今得《唐‧去闞》所引，知晚唐《說文》尚不誤也。

苴　履中藉草，按說文子与反（S2055‧平魚）
　　履中艸，從艸且聲（一下‧艸部 7b）

案：此引《說文》釋音「子与反」，與說文釋音體例不同；其反切與大徐本所錄「子余切」切語下字不同而同音。大徐本曰：「說文之時，未有反切；後人附益，互有異同」〔註12〕，《說文》釋音體例爲「從某某聲」或「讀若某」，未曾使用反切，段玉裁於古籍引說文「某某反」，多以爲出自《說文音隱》〔註13〕，說見「糾」、「羥」、「鸚」等字下。然古籍引說文「某某反」，未必全出於《說文音隱》，蓋學者研讀說文時所標記當時語音，後人引用時逐連言之，於《說文》字音研究與古音研究均有參考價值。

萎　萎　按說文食牛也，亦木萎，一瞞反（S2055‧平支）
萎　說文牛馬食，又草木萎，又一瞞反（裴‧平支）
　　食牛也，從艸委聲（一下‧艸部 8a）

案：《S2055‧平支》所引與今本全同，知《裴‧平支》引《說文》釋義而櫽括其義，《公羊傳》昭二十五年「且夫牛馬維婁，委已者也而柔焉」爲其所本。段注：「下文云以穀萎馬，則牛馬通偁萎」。

蒜　葫，說文作祘，正作兩禾（裴‧去翰）
蒜　葷菜，從艸祘聲（一下‧艸部 8a）

案：「蒜」爲「蒜」之俗字，《玉篇‧艸部》「蒜　蘇乱切，辛荣，俗作蒜」。此字頭用俗字而引《說文》說解字形，但有誤字，禾當作「示」。

蒙　玉女草，說文從□保反，莫紅反，十一加二（S2055‧平東）
　　王女也，從艸冢聲（一下‧艸部 8b）

案：原卷□字模糊不可釋，文義不明、待考。韻書所引「玉女草」，「王」、「玉」形近而混，又衍草字。

〔註11〕《古本考》卷 1 下，頁 22。
〔註12〕大徐本第十五篇下〈新校定說文解字進狀〉。
〔註13〕今佚，見《隋書‧經籍志》。

笵　姓，無反語……加二，說文從水（P3696·上范）
范　無反語，取凡之上聲，亦得符凵反，說文從水，又姓也，六（裴·上范）
　　范　艸也，从艸氾聲（一下·艸部 8b）
案：二韻書皆云：「《說文》從水」，此引《說文》說明形體與今本同。

蓬　草名，亦州，因蓬山而名之，說文從手，薄紅反，六加四（P2018·平東）
　　蓬　蒿也，从艸逢聲（一下·艸部 9a）
案：此引《說文》說明形體，惟字跡模糊難辨，《輯存》此字空白未釋，《瀛涯敦煌
　　韻輯》摹作「手」，從手之義不可通，存疑待考。

扰　說文治丶（P2014·平豪）
　　薅　拔去田艸也，从蓐好省聲　薅，籀文薅省　茠　薅或从休，詩曰既
　　茠荼蓼（一下·蓐部 9b）
案：說文無此字，《廣韻·入德》「扰　擊也」非此字。考《P2014·平豪》「薅、云
　　丶 私，又作茠　荮、流俗用，失」、《裴·平豪》「薅　耘，亦茠杴俕」、《廣·
　　平豪》「薅、除田草也　茠杴、並同上」，「扰」當為「杴」之譌字，本為「薅」
　　之或體，手旁楷書作「才」與木形近，休又譌成伏，遂以致誤。又「治丶」為
　　「拔去田艸也」之引申義，非《說文》語，慧琳《一切經音義》卷五十二《中
　　阿含經》「茠治」一詞是其本，此云「說文」未允。

莫　說文云日冥也，從茻、音莽，亦虜，複姓五氏，西秦錄有左衛……涼州
刺史莫侯眷，後魏末有亂寇莫折念生，又有莫輿……虜三字好姓，周太賜廣
寧楊纂姓莫容，暮各反，十加二（唐·入鐸）
　　　日且冥也，从日在茻中（一下·茻部 10a）
案：此引釋義與今本不同，《唐·入鐸》少一「且」字而隱括其義，當以今本《說
　　文》為正。《裴·入鐸》「莫　暮各反，無也、日冥也，十一」亦同，是唐時傳
　　寫已脫「且」字。

第二上

尐　小，釀尐，出說文（唐・入薛）
　　少也，从小乀聲，讀若輟（二上・小部 1a）
案：此引《說文》但說明出處，「釀尐」義見《廣韻・入屑》「釀　釀尐，小也」。

亣　語端，說文從□□一聲，又姓□□之□□與爾（P2014・上[紙]）
　　亣　詞之必然也，从入丨八、八象气之分散（二上・八部 1a）
案：此引釋形與今本不同，是韻書抄手之誤，□□當作「八入」，一當作「丨」，又
　　衍「聲」字、當刪。

兆　說文分也，從八，又作兆（P3693・上小）
　　兆　分也，从重八，八別也、亦聲，孝經說曰故上下有別（二上・八部
　　1b）
案：此完整稱引《說文》而有所省略，兆字當從重八，韻書但說明其所從，當以今
　　本為正。「又作兆」字形與今同，兆字疑有誤。

必　審也，說文從弋八，卑吉反，十七加七（唐・入質）
　　必　分極也，从八弋、弋亦聲（二上・八部 1b）
案：此引《說文》釋形，惟脫去「弋亦聲」而「八」、「弋」次第顛倒，韻書但說明
　　其所從而已。

審　說文作宷作釆（P3693・上寑）
　　宷　悉也、知宷諦也，从宀从釆　審、篆文宷从番（二上・釆部）1b
　　釆　辨別也，象獸指爪分別也，讀若辨（二上・釆部 1b）
案：此引《說文》說解字形，「作審」者與今本宷下之重文「審」同；「作釆」者則
　　誤以「審」、「釆」為一字，「審」、「釆」音義均有別，「釆」又為宷字之所從，
　　蓋形近而誤。《P3693・上寑》所引當為「說文作審作宷」，以說明《說文》字
　　形。

半　博縵反，五，說文從八牛聲（S6176・去翰）
　　半　物中分也，从八从牛，牛為物、大可以分也（二上・半部 1b）

案：此條引《說文》釋形與今本不同，是韻書抄手之誤，「牛」、「半」聲韻絕遠，「聲」字衍、當刪。小徐本云：「說文之學久矣，其說有不可得而詳者，通識君子所宜詳而論之。楚夏殊音，方俗異語；六書之內，形聲居多。其會意之字，學者不了，鄙近傳寫，多妄加聲字，篤論之士，所宜隱括」〔註14〕。

嚳　帝嚳，說文云報急（唐・入沃）
　　急告之甚也，从告學省聲（二上・告部 3a）

案：此引《說文》釋義與今本不同，韻書用《說文》原義而更言之，當從今本爲正。又近代學者以《玉篇》、《廣韻》、《經音義》所引，考訂大徐本當作「急也、告之甚也」，其說可參，《詁林》「乾一案：唐寫本《玉篇》嚳注引作『急也告之甚也』，蓋古本原爲二義」〔註15〕，陳光憲曰：「唐寫本《玉篇》注引『說文急也告之甚也』，與慧琳引同，蓋古本如是也」〔註16〕，今以中華書局《原本玉篇殘卷》影羅振玉本〔註17〕觀之，其文作「嚳　口薦反，說文嚳急也告之也」，實無「甚」字，有「甚」字者，乃遵義黎昌庶將《玉篇》刻入古逸叢書時，摹寫而加「甚」字於注文旁〔註18〕。雖一字之異，於研治古籍引《說文》，可不慎乎？

嶷　說文云□嶷□，加（唐・入職）
　　小兒有知也，从口疑聲，詩曰克疑克嶷（二上・口部 3b）

案：二□字皆模糊不可釋，文義不明、待考。

嘖　野人之言，出說文，加（唐・入質）
　　野人言之，从口質聲（二上・口部 4a）

案：此條引《說文》釋義與今本不同，韻書所引是、當據正。考《玉篇・口部》「嘖之日切，野人之言也」，小徐本「嘖　野人之言，从口質聲」，段注本、桂馥《義證》、朱駿聲《通訓定聲》之說亦同，今得《唐・入質》所引，知晚唐《說文》尚不誤也。

命　使也、教也，說文從口令，眉病反，一（唐・去敬）

〔註14〕《說文解字繫傳通釋・怯妄》卷 36。
〔註15〕《詁林》頁 2～1101。
〔註16〕《慧琳一切經音義引說文考》頁 28。
〔註17〕《原本玉篇殘卷》頁 60。
〔註18〕《原本玉篇殘卷》頁 263。

命　使也，从口从令（二上・口部 4a）

案：此條引《說文》釋形與今本不同，是抄手之誤，「今」爲「令」之誤，令、今形
　　近而誤，當據今本正。

訣　失二反，說文志，俗有不ゝ之言，俗啻字，啻音迥、達也，一（裴・去至）

啻　語時不啻也，从口帝聲，一曰啻諟也，讀若鞮（二上・口部 4b）

案：「訣」爲「啻」之俗，所引《說文》文意不明，疑有脫誤，待考。

各　古落反，說文異也，從口夂者、有行而止相聽之意（ДХ01372・入鐸）

各　異辭也，从口夂、夂者有行而止之不相聽也（二上・口部）

案：此條引《說文》釋義、釋形與今本不同，有數處脫字，是抄手之誤。「異」後脫
　　「辭」字；「止」後脫「之不」二字，致使文義不完，當據今本《說文》正。

嗲　弔，說文作唁，詩云歸唁衛侯（裴・去線）

唁　弔生也，从口言聲，詩曰歸唁衛侯（二上・口部 5b）

案：「嗲」爲「唁」之或體，《玉篇・口部》作「唁、宜箭切，弔失国曰唁　嗲、同
　　上」，嗲爲後起形聲字。此引《說文》說解字形與引經，與今本《說文》同。

啾　說文云歎也，加（唐・入屋）

嘆也，从口叔聲（二上・口部 5b）

案：此引釋義有誤，當從今本爲正。《說文・口部》「嘆　啾嘆也，从口莫聲」，啾、
　　嘆二字互訓；又《P2011・入屋》「啾　嘆」、《王・入屋》「啾　嘆」，「嘆」爲
　　「嘆」之形近而誤，《唐・入屋》「歎」又承嘆而誤，沈濤《古本考》「濤案：《廣
　　韻》一屋引作『嘆也』，此蓋嘆字傳寫之誤，非古本如此」〔註17〕其說是。

舌　塞口，說文作咮（唐・入鎋）

昏　塞口也，从口氒省聲，氒音厥（二上・口部 5b）

案：此引《說文》說解字形，但誤「舌」、「昏」爲一字。《說文・舌部》「舌　在口
　　所以言也、別味也，从干从口、干亦聲」，「舌」從干而「昏」從氒省，形似而
　　易誤。《裴・入鎋》作「舌　塞口，正作昏」，已加以區別，則《唐・入鎋》「咮」
　　字之誤，當據《裴韻》正。

〔註17〕《古本考》卷 2 上，頁 19。

沇　以轉反，二，說文口丿丿，餘奐反，山澗陷泥地曰沿，沇州九州泥地，故以沇為名（P3693・上獮）

　　沿　山間陷泥地，从口从水敗皃，讀若沇州之沇，九州之渥地也，故以沇名焉（二上・口部 6a）

案：此隱括《說文》釋義而誤合「沇」、「沇」、「沿」三字。《說文・水部》「沇　水出河東東垣王屋山、東為泲，从水允聲　沿、古文沇」，「沿」本山間陷泥地，借為州名，後又造「沇」為州名專用字，「沇」字為州名又更後矣。王筠《說文繫傳校錄》曰：「沿　沇州，大徐沇州，凡三文。案八分作沇者，逐水于允上而變其形也，後又省之，遂成沇耳」〔註18〕，其說可從。考之《王・上獮》「沇、以轉反，州名，五　沇、泲水別名　沿、山澗□泥」，已分別「沇」、「沇」、「沿」為三字。

愕　驚也，五各反，九，說文作㖾（Д X 01372・入鐸）

　　㖾　譁訟也，从吅屰聲（二上・吅部 6b）

案：其字本作「㖾」，引申有驚義而加形符作「愕」，王筠《句讀》曰：「㖾　作愕、諤者，後來分別字也」〔註19〕，此引《說文》說解字形與今本同。

走　子厚反，一，說文作此走，從夭止聲（P3693・上厚）

　　走　趨也，从夭止、夭止者屈也（二上・走部 6b）

案：引《說文》云「從夭止聲」與今本从夭止會意不同。考《廣韻》「走，子苟切」精母厚韻、「止，諸市切」照母止韻，照母古歸端母，古韻依段玉裁十七部表，走為第四部，止為第一部，二者聲韻絕遠，「止」非聲。《P3693・上厚》所引非是，「聲」字當刪。唐五代韻書引《說文》釋形，會意字多誤衍「聲」字，形聲字則形符、聲符誤倒，均當依今本《說文》改正。

赳　武皃，說文作此叫字亦然，今遂省作巾，二同，丩字已用反（P3693・上黝）

　　赳　輕勁有才力也，从走丩聲，讀若撟（二上・走部 7a）

案：「叫」為「叫」之俗，「巾」當作「丩」、「用」當作「由」，《說文・口部》「叫　嘑也，从口丩聲」，「赳」、「叫」二字分別。此引《說文》說解字形而誤，注文之義不明，《裴・上黝》「赳　武皃，叫字亦作然，今遂省作丩，二同」承此。

〔註18〕《詁林》頁 2～1296 所引。
〔註19〕《句讀》卷 3，頁 22。

趑　說文緣木兒，行兒也（S2055‧平支）

趑　說文緣木，一曰行兒（裴‧平支）

　　緣大木也，一曰行兒，从走支聲（二上‧走部 7a）

案：此引《說文》釋義與今本不同，二韻書所引是，當據正。小徐本、《廣‧平支》
　　所引「緣大木」均同今本，「緣木」文意已足，宋人又增「大」字加強語氣，《S2055‧
　　平支》、《裴‧平支》所引當爲《說文》古本，惟《S2055‧平支》涉下文誤衍
　　一「兒」字，當刪。

趚　按說文倉卒（S2055‧平脂）

趀　說文食卆（裴‧平脂）

　　趀　蒼卒也，从走宋聲，讀若資（二上‧走部 7a）

案：「趚」、「趀」皆爲「趀」之俗，字本從宋，後誤爲市，又譌從甫。此引釋義與今
　　本不同，《廣‧平脂》「趀　說文云倉卒也」、《玉篇‧走部》「趀　千尺、千私二
　　切，倉卒也」，知今本《說文》「蒼」字誤，段玉裁亦改爲倉卒，曰「倉俗從艸
　　誤」，其說可從，《裴‧平脂》所引「卆」則爲「卒」之俗。

趍　說文趍趙久，玉篇爲趨字，失，後人行之大謬，不考趍從多音支聲，趨
　　從芻聲（王‧平支）

　　趍趙、久也，从走多聲（二上‧走部 7b）

案：此引《說文》釋義與今本不同，「久」、「夂」字形微異，今從大徐本。據韻書
　　注文，可知當時所見《說文》作「趍趙」，《玉篇》〔註 20〕則改釋爲「趨趙」，
　　韻書作者因而於注文中加以說明駁正。考《說文》趍、趙二字前後相次，云「趙
　　趍也」，趍字當承此而誤，趍訓「趍趙」，正與下篆趙「趙　趍趙也」〔註 21〕互
　　訓，故段玉裁直改爲「趍趙」，桂、王、朱等人從之，今得《王‧平支》所引，
　　知唐時《說文》尚不誤也。

跇　說文作趨，与跇意同、跳，丑世反，二加一（P3696‧去祭）

　　趨　超特也，从走契聲（二上‧走部 7b）

案：《說文‧足部》「跇　述也，从足世聲」，考早期韻書多有「趨」而無「跇」，
　　如《P2011‧去祭》「趨　超，亦作趌」、《王‧去祭》「趨　超，亦作趌」，至

〔註 20〕此《玉篇》當是顧野王原本《玉篇》，非宋代之《大廣益會玉篇》。
〔註 21〕大徐本作「趙　趍趙也」是趍先誤爲趍趙，後又據改趙字釋義。

《P3696》、《裴·去祭》「跐　丑世反，跳，亦趑，二」始以「跐」字爲字頭，而《廣韻》則「跐」字二見：「跐　超踰也，又丑例切」、「跐　跳也、踰也，丑例切，十一　趑、上同」，鈕樹玉《說文解字校錄》曰：「《漢書·揚雄傳》蕭該音義引《字林》『跐述也，弋世反』」〔註22〕，疑《說文》本有「趑」而無「跐」，「跐」字出《字林》，音義與「趑」同，後人據以屬入《說文》，唐人韻書注「跐」爲「說文作趑」可明其本。

趦　僵趦，出說文，加（唐·去遇）

　　趑　僵也，从走音聲，讀若匐（二上·走部 8a）

案：「音」篆文作「𠶷」，與「否」近似，「趦」爲「趑」之訛字，唐寫本「音」、「否」多混用，《唐·去遇》所引蓋以複舉字言之，當從今本。

趜　竈上祭，出說文，加（唐·入質）

　　止行也，一曰竈上祭名，从走畢聲（二上·走部 8a）

案：此節引《說文》之一曰義，其說與今本同。韻書引《說文》多有刪削。

前　昨先反，進，正作歬，說文從舟，謂止舟而進，或作前，四（王·平先）

　　歬　不行而進謂之歬，从止在舟上（二上·止部 8a）

案：此於「前」下引《說文》「歬」字釋形，其說與今本同，又「歬」、「前」字義本有區別，俗多借齊斷之「前」爲歬後字，韻書所引又能明假借。

〔註22〕《說文解字校錄》卷 2 下·23。

第二下

辵 說文云乍行乍止也，從彳止聲，凡是辵之屬皆從辵（唐‧入藥）
乍行乍止也，从彳从止，凡辵之屬皆从辵，讀若春秋公羊傳曰辵階而走（二下‧辵部 1a）

案：此條完整稱引《說文》釋義、釋形與部首方以類聚之文，釋義與今本同，凡字下衍「是」字。「從彳止聲」與今本「从彳从止」會意不同。考《廣韻》「辵，丑略切」徹母藥韻、「止，諸市切」照母止韻，徹母古歸透母，照母古歸端母，古韻依段玉裁十七部表，「辵」為第五部，「止」為第一部，二者旁紐雙聲。沈濤《古本考》「濤案：廣韻十八藥引作『乍行乍止也，從彳止聲』，蓋古本如此，部首字往往形聲兼會意，二徐皆以為非聲而刪之，然《五經文字》作『从彳从止』與今本同，則古本亦有如是作者」〔註23〕，又《龍龕‧辵部》「辵 丑略反，《說文》云乍行乍止也，從彳止聲，凡走之屬皆從一也」，所引又與《唐‧入藥》同，疑《說文》傳本有二：一為形聲、一為會意。

達 說文先導也（P3694‧入質）
達 先導，出說文，加（唐‧入質）
先道也，从辵率聲（二下‧辵部 1b）

案：此引《說文》釋義與今本不同，蓋唐時《說文》傳本如此。

誑 九妄反，欺也，亦誑，說文狂往也，字林作逛，三（裴‧去樣）
迂 往也，从辵王聲，春秋傳曰子無我迂（二下‧辵部 1b）

案：字頭「誑」當作「迂」，「狂」亦當作「迂」，《唐‧去漾》「誑、欺也，居況反，一 迂、往也、勞也，于放反，三」可證，所引釋義同今本。

遣 說文從巾作□，又云交遣（Д Х01372‧入鐸）
遣 說文云交遣也，加（唐‧入鐸）
迹遣也，从辵昔聲（二下‧辵部 1b）

案：此引釋義與今本不同，二韻書所引是，當據正。考《玉篇‧辵部》「遣 且各切，亂也，迹遣，今作錯」、《廣韻‧入鐸》「遣 說文云迹錯也」，段、桂、朱

〔註23〕《古本考》卷 2 下，頁 1。

並改爲「迯遒」，今得《ДX01372・入鐸》、《唐・入鐸》所引，知唐本《說文》作「交遒」，後轉寫爲「迯遒」，又誤成「迹遒」。

适　說文疾也（P3694・入末）

适　說文云疾走，加（唐・入末）
　　趏　疾也，从辵昏聲，讀與括同（二下・辵部 1b）

案：此引《說文》釋義，《P3694》所引與今本全同，《唐韻》爲增強語氣而加一「走」字，《詁林》「雲青案：唐寫本《唐韻》十三末适注引『說文疾走也』，蓋古本如是，今二徐本奪走字，宜補」〔註24〕，其說未允。

徙　斯□反，移丶　，正作迻，說文作迻，今人┌┈┈┈┤止相重作徙，六　迻、同上（P2014・上紙）
　　迻　遷也，从辵止聲　征、徙或从彳　屢、古文迻〔註25〕（二下・辵部 2a）

案：「徙」爲「迻」字篆文之隸變，此引《說文》說解字形，其形「迻」與今本同，韻書對迻字有所補充說明，殘闕處疑爲「從彳二」。

遲　又直利又，按說文從辛，又作此迡（S2055・平脂）
　　遲　徐行也，从辵犀聲，詩曰行道遲遲　迡、遲或从尸　遟、籀文遲从屖（二下・辵部 2a）

案：「遲」爲「遲」之重文，此引《說文》說明正篆、釋形與重文，其形「迡」與今本同，惟釋形「說文從辛」有誤，「辛」當爲「犀」之誤。

逗　豆留，近代作豆音，說文又句反，又土豆反（P2011・去候）

逗　丶留，說文丈句反，止也，又吐豆反（裴・去候）

逗　丶留，說文音住（唐・去候）
　　止也，从辵豆聲（二下・辵部 2a）

案：此字《P2011・去候》、《裴・去候》、《唐・去候》皆引《說文》釋音。考《說文》辵部逗前一字爲「遱」，云：「遱　不行也，从辵驊聲，讀若住」，段玉裁於「从辵驊聲」注曰：「按：驊馬小兒，从馬垂聲，讀若箠，則遱不得讀若住……疑此字當在十六、十七部，下文讀若住三字當在从辵豆聲之下」。又《說文》無住字，段氏於「讀若住」注曰：「按住當作侸，人部曰侸立也，立部曰立住也，住即侸

〔註24〕《詁林》頁3～55。
〔註25〕大徐本「徙」作「徙」，依上下文意當作「徙」，孫星衍本已改。

之俗也」。今據《唐・去候》「說文音住」、《裴・去候》「說文丈句反」，證段氏之說可信，《說文》「逗」當音「住（侸）」，許慎以「讀若住」釋音，後代則又音變改讀爲俎豆之「豆」，《史記・韓長孺列傳》索隱：「案應邵云：逗曲行而避敵，音豆，又音住，住謂留止也」亦可證。今本「遱」下「讀若住」三字，是爲後人傳鈔之誤，當從韻書所引并段氏之說，恢復古本面目爲：「遱　不行也，從辵驧聲」、「逗　止也，從辵豆聲，讀若住」。

逶　於爲反，五加一，說文作嫣（S2055・平支）
　　逶　逶迆、衺去之皃，從辵委聲　蟡、或從虫爲（二下・辵部 2a）
案：此引《說文》說明重文字形，但字誤作「嫣」，當從今本。考《裴・平支》「逶於爲反，五加五，逶迆，又作蟡」，字作「蟡」同今本，是知《S2055・平支》「嫣」字蓋抄寫之誤。

齠　齒齠，說文老┄┄如臼，馬八歲曰┄┄（P3693・上有）
　　老人齒如臼也，一曰馬八歲齒臼也，從齒從臼、臼亦聲（二下・齒部 5a）
案：此引《說文》釋義而有闕脫，殘存文字與今本略同。

跥　號﹨﹨，出說文也（P2015・平齊）
　　足也，從足虒聲（二下・足部 5a）
案：《P2011・平齊》「蹄　足名，亦作跥」、《王・平齊》「蹄　足名，亦作跥」，二書說解同，《P2015・平齊》但說明此字見於說文。

躩　丘縛反，一，案說文足躩如也，新加（ДХ01372・入藥）
躩　說文云足躩如也，丘縛反，一（唐・入藥）
　　躩　足躩如也，從足矍聲（二下・足部 6b）
案：《ДХ01372・入藥》字頭「躩」爲「躩」之誤，《唐・入藥》所引釋義與今本全同可證，注文「躩」字亦涉字頭而誤，皆當改爲「躩」。

刖　絕，說文作跀，斷足也（P3694・入月）
　　跀　斷足也，從足月聲（二下・足部 6b）
案：《說文・刀部》「刖　絕也，從刀月聲」，此引《說文》明假借之例，「跀」義爲斷足，「刖」義爲絕，二字同音而假借。段注：「此與刀部刖異義，刖絕也，經傳多以刖爲跀，《周禮・司刑》注云：周改髕作刖，按唐虞夏刑用臏，周用跀、

斷足也」。

侖　量器名，出說文，加（唐・入藥）

　　侖　樂之竹管，三管以和眾聲也，从品侖、侖理也，凡侖之屬皆从侖（二
下・侖部 7a）

案：此引《說文》明出處，注文釋義與今本不同，《漢書・律曆志》「一侖容千二百
黍，重十二銖」爲其本，「侖」爲「侖」之俗省。

籥　按說文籥音理管之樂也（S2055・平支）
籥　說文ﾍ理管之樂（裴・平支）
　　籥音律管壎之樂也，从侖炊聲（二下・侖部 7a）

案：此引《說文》釋義與今本不同，《S2055・平支》、《裴・平支》所引隲括其義而
有所省略，當以今本爲正。

箎　說文作虒，樂管、七孔（裴・平支）

　　虒　管樂也，从侖虒聲　箎、虒或从竹（二下・侖部 7a）

案：「箎」爲「虒」之重文，韻書字頭用重文並引《說文》說明正篆字形，惟「虒」
俗譌變爲「虒」。又《原本玉篇・侖部》〔註26〕「說文管有七孔也，或爲箎字、
在竹部」，所引釋義近於《裴韻》。

〔註26〕《原本玉篇殘卷》頁 67、頁 268。

第三上

矞　說文以錐有所穿（P3694・入質）

矞　以錐……說文（唐・入術）

　　以錐有所穿也，从矛从冏（三上・冏部 2a）

案：此引《說文》釋義，《P3694・入質》所引與今本同，《唐・入術》殘闕，存二字亦同今本。

糺　居黝反，二加一，說文作紏，繩三合（P3693・上黝）

　　糾　繩三合也，从糸丩（三上・丩部 2a）

案：「糺」、「紏」並為「糾」之俗字，其例同「叫、叫」。此引《說文》說解字形與釋義，其義與今本同。

博　補各反，八加一，說文從十尃聲（ДХ01372・入鐸）

　　大通也，从十从尃，尃、布也（三上・十部 2b）

案：此引「從十尃聲」與今本「从十从尃」會意不同，考小徐本「博　大通也，從十尃，尃、布也、亦聲」、《韻會・入聲十》「博　大通也，從十尃，尃、布也、亦聲」皆有「亦聲」二字。今得《ДХ01372・入鐸》所引，知古本《說文》當作「從十尃聲」，鉉本有誤。錢大昕《十駕齋養新錄》「二徐私改諧聲」條云：「二徐校刊說文，既不審古音之異於今音，而於相近之聲全然不曉，故於從某某聲之語，往往妄有刊落。然小徐猶疑而未盡改，大徐則毅然去之，其誣妄較乃弟尤甚」〔註27〕。

廿　說文云二十也，今人直如以為二十字，加（唐・入緝）

　　二十并也，古文省（三上・十部 2b）

案：此引《說文》釋義與今本不同，韻書依俗用而節引，當以今本為正。

卙　說文云詞之集也，從甚十，加（唐・入緝）

　　詞之卙矣，从十甚聲（三上・十部 2b）

案：此引《說文》釋義與今本不同，段玉裁作「集」，注曰：「此依廣韵玉篇訂」、沈

濤《古本考》「濤案：《廣韻》二十六緝引作『詞之集也』，蓋古本如是」〔註28〕，段、沈二說非是。「集」字爲俗人所改，而《廣韻》從之，徐灝《說文解字注箋》曰：「此恐《篇》、《韵》傳寫之誤，不必如段所云也」〔註29〕，其說可參，不必全依古書所引改動《說文》。

卅　說文卅三十也……直以為三十字（唐‧入合）
　　三十并也，古文省（三上‧卅部 2b）
案：此引《說文》釋義與今本不同，韻書依俗用而節引，當以今本爲正。此字與「廿」字同例，闕字可據《廣韻‧入合》「說文云卅三十也，今作卅、直以爲三十字」補。

譁　按說文倉卒（S2055‧平脂）
譁　案說文語諄譁（裴‧平脂）
　　語諄譁也，从言屖聲（三上‧言部 3a）
案：《裴‧平脂》引《說文》釋義與今本全同，《S2055‧平脂》與今本不同，蓋抄手涉上文「趖　按說文倉卒」而誤，參見二上「越」字條。

論　盧昆反，說文力旬又盧鈍三反，三（王‧平魂）
　　議也，从言侖聲（三上‧言部 3b）
案：大徐本「盧昆切」，小徐本「盧屯反」，《王‧平魂》引《說文》音切，「盧鈍反」音與小徐本同；「力旬反」與《玉篇》同。「盧鈍三反」之「三」涉下文而衍，當刪。

訊　說文告（S6176‧去震）
　　問也，从言卂聲（三上‧言部 3b）
案：此引釋義與今本不同，當以今本爲正，《裴‧去震》「訊　俗作訉，告也」承其誤。考《王‧去隊》「譖　告」、《王‧去震》「訊　問ヽ」，訊之釋義與今本同，《S6176‧去震》引作「告」，是誤「訊」、「譖」爲一，陸心源〈訊譖互譌辨〉曰：「《爾疋》譖告也，釋文本又作譖。吳語乃訊申胥，韋註：訊告讓也，《說文》引作譖。申胥又訊讓曰至，注訊告也。《史記》賈生〈弔屈原賦〉訊曰《漢書》

〔註28〕《古本考》卷 3 上，頁 3
〔註29〕《詁林》3～462 所引。

作誶，李奇曰：告也。」〔註30〕可證。

譣　丶詖，說文作此憸者，此愉者，問（P3693・上琰）
譣　丶詖，說文作此譣者，問（裴・上广）
　　譣　問也，从言僉聲，周書曰勿以譣人（三上・言部 3b）
　　憸　憸詖也，憸利於上佞人也，从心僉聲（十下・心部 7a）
案：此引《說文》說解字形及釋義與今本不同，今本爲是。考韻書流變：《S2071・
　　上琰》「譣貶　方舟反，一」未釋義，《P2011・上琰》「譣　丶詖」「憸　七漸
　　反，詖，又思廉反，二」、《王・平鹽》「憸　丶詖」《王・上琰》「譣　丶詖」
　　「憸　七漸反，詖，又思廉反，二」、《裴・平鹽》「憸　丶詖」《裴・上琰》
　　「憸　七漸反，詖，又思廉反，二」，知韻書「譣」、「憸」本爲二，而後誤釋「譣」
　　爲「丶詖」，增修《切韻》者又於平聲鹽韻「憸　丶詖」下補「說文作此譣者，
　　問」以明《說文》「譣」字本義，抄寫者移至上聲琰韻「譣　丶詖」之後，遂
　　以致誤。《P3693・上琰》「此愉者」當爲衍文，「憸」字又據上下文而誤改也。

諫　飾也，出說文，加（唐・入燭）
　　諫　餔旋促也，从言束聲（三上・言部 3b）
案：《P2011・入燭》、《王・入燭》皆作「諫　役」，「役」與「促」字形近。又《龍
　　龕・言部》、《集・入燭》皆同作「飾也」，飾又與餔字形近，然未知孰是，或但
　　引《說文》明出處而已。

怍　憖也，說文作詐，憖語也，義略同（ДХ01372・入鐸）
　　詐　憖語也，从言作聲（三上・言部 4b）
案：《說文・心部》「怍　憖也，从心作省聲」，「怍」、「詐」二字有別，此明二字
　　之通用，所引釋形、釋義與今本同。

譺　丶誡，出說文，加（唐・去怪）
　　譺　騃也，从言疑聲（三上・言部 4b）
案：此引《說文》明出處，注文釋義與今本不同。

秒　禾芒，說文擾也，一曰諸猶（P3693・上小）
　　訬　訬擾也，一曰訬猶，讀若蔑（三上・言部 5b）

案：此引《說文》釋義而誤脫字頭「訬」，《廣・上小》「訬、擾也，一曰訬獪　秒、禾芒」可證，原文當作「秒、禾芒　訬、說文擾也，一曰訬獪」。所引釋義較今本少一「訬」字，段玉裁曰：「此複舉字刪之未盡者」，今得《P3693・上小》所引，知唐本《說文》作「擾也」。

訆　自言長，一曰知處告言之，說文作詷（裴・去清）
　　詷　知處告言之，从言同聲（三上・言部 6b）
案：此引《說文》字形與釋義，釋義與今本全同，惟「訆」字《說文》未見，蓋俗寫而誤。

善　常演反，五加一，說……蕭吉作，篆文作[　]（P3693・上獮）
　　蕭　吉也，从誩从羊，此與義、美同意　善、篆文善从言（三上・誩部 7a）
案：此卷有二處殘闕，殘存文字大致與今本同，《王・上獮》作「善　常演反，今亦作□，正作蕭，六」。

童　古作僮僕，今為童子，說文童字從辛，丶　丘山反[　]而亂辛也，男有罪曰奴丶曰童，女曰妾，從[　]（P2017・平東）
童　古作僕，今為童子未冠之稱也，按說文童子從辛，丶　丘山反，辛從干，古者干字頭向上曲而亂，辛非辛字也，男子有罪曰奴丶曰童，女子曰妾，從辛重省聲也（裴・平東）
　　男有辠曰奴，奴曰童，女曰妾，从辛重省聲（三上・辛部 7b）
案：此完整稱引《說文》釋義與釋形，與今本大略相同，兩韻書所引皆有所隸括。

業　魚怯反，從举，說文木板也，所以懸鍾皷也，三（裴・入業）
幐　說文云懸板於鍾皷樓（P2014・入業）
　　業　大板也，所以飾縣鍾鼓，捷業如鋸齒，以白畫之，象其鉏鋙相承也，从举从巾、巾象版，詩曰巨業維樅（三上・举部 8a）
案：《裴・入業》節引《說文》釋義，「木」乃「大」之形訛；《說文》無「幐」字，「業」從举巾，後又加巾作「幐」，為後起形聲字，《P2014・入業》所引義近而有所改動。

僕　說文給使（裴・入屋）

給事者，从人从業、業亦聲（三上・業部 8a）

案：此引釋義與今本不同，當從今本，《廣雅・釋詁一》「僕　使也」，爲注文所本。

奐　文彩，按說文作奐，大（S6176・去翰）

　　奐　取奐也，一曰大也，从廾夐省（三上・廾部 8a）

案：此引《說文》說解字形與釋義，與今本全同，所引爲《說文》一曰義。

弇　蓋益也，出說文，古文弇（P3693・上琰）

　　弇　蓋也，从廾从合　𦥑、古文弇（三上・廾部 8a）

案：此引《說文》釋義與重文。「益」字爲衍文，《王・上琰》「弇　盖，又古含反」可證。《說文》古文篆形作「𦥑」，「弇」爲楷定後字形，略有變異。

弄　盧貢反，四，說文從玉者、非也（P3696・去送）

　　弄　玩也，从廾持玉（三上・廾部 8b）

案：此引《說文》說明字形結構，然《說文》正從玉，韻書「說文從玉者非也」之說解，蓋因楷書從「玉」之字多變作「王」，唐人混用「王」、「玉」二字而云然。

龔　按說文結也，古字與上同（S2055・平冬）

　　龔　愨也，从廾龍聲（三上・廾部 8b）

案：《S2055・平冬》原文作「恭、駒東反，四　龔、按說文結也，古字與上同」，「恭」、「龔」同音，此引《說文》明假借。《說文・心部》「恭　肅也，从心共聲」，小徐本「龔　愨也，从廾龍聲，臣鍇曰：左傳鄭子產曰苟有位於朝，無有不恭愨，當作此龔」，《S2055・平冬》「結」當作「愨」，「龔」當作「龔」，各本韻書皆誤，當正。

舁　對舉，按說文又此舉，義略同（S2055・平魚）

　　舁　共舉也，从臼从廾，凡舁之屬皆从舁，讀若余（三上・舁部 9a）

案：此引《說文》明字之通用，「舁」、「舉」古音同在第五部，音義俱近。考韻書流變：《S2071・平魚》「舁　對舉」、《P2011・平魚》「舁　對舉，亦作舉」，《說文・手部》「舉　對舉也，從手與聲」，「舁」、「舉」別爲二字，韻書則混用，以對舉爲舁義，後代增修韻書者增「亦作舉」、「說文又此舉，義略同」之說解，以明二字之通用情況。

農　奴東反，三，按說文又作此農、從晨，未聞（S2055・平冬）

農　耕也，从晨囟聲（三上‧晨部 9b）

案：「農」為「農」之隸變，邵瑛《說文解字群經正字》曰：「今經典作農，隸省變，漢碑往往有之」〔註31〕，其說可參。此引《說文》說明正字、釋形與今本全同。

爨　炊也，說文又作此爨 …… （S6176‧去翰）

爨　齊謂之炊爨，臼象持甑、冂為竈口、廾推林內火　爨、籀文爨省（三上‧爨部 9b）

案：此引《說文》明重文字形，其形「爨」與今本籀文同，韻書殘闕字頭依《P2011‧去翰》「爨　炊也」補。

第三下

革 獸名皮治去毛，說文作革（裴・入隔）

   革 獸皮治去其毛革更之，象古文革之形（三下・革部 1a）

案：「草」爲「革」之隸變，字形見《魏三體石經》〔註32〕，《龍龕》入聲革部字偏
   旁均作「草」。此引《說文》說明字形，與今本同，釋義則依《說文》而有所隱
   括，「名」字疑誤衍。

甑 說文作䰝，子孕反，一（唐・去證）

   䰝 鬵屬，从鬲曾聲，子孕切（三下・鬲部 2b）

案：《說文・瓦部》「甑 甗也，从瓦曾聲，子孕切」，「甑」、「䰝」二字義近而一從
   瓦一從鬲，段玉裁以爲「䰝」字爲淺人妄增，許瀚《說文解字注箋》曰：「《說
   文》同義異部之字甚多，此或由後人增竄，或許偶未審定而兩收之，未敢決也」
   〔註33〕。

融 餘隆反，二，和也、長也，說文氣上出也（S2055・平東）

融 餘隆反，二，案和也、長也，案說文炊氣上出也（裴・平東）

   炊气上出也，从鬲蟲省聲（三下・鬲部 2b）

案：「氣」即「气」，韻書用假借字，《裴・平東》所引釋義與今本全同，《S2055・平
   東》脫一「炊」字，傳鈔之誤也，當據正。

䰼 說文云義闕，未詳（TⅡD1・去恩）

案：《廣韻》、《集韻》均無此字，此字見於德藏《TⅡD1》恩韻小鈕「坌、蒲悶反，
   四」之後，其他韻書殘卷均無，而䰼字今本《說文》未見。考《說文》有「闕」
   例，即〈說文・敘〉所謂「其有所不知，蓋闕如也。」其闕義之例，如：戈部
   「戠 闕，从戈从音」，此處言「說文云義闕」，表示唐本《說文》有䰼字，其
   說解當爲「䰼 闕」，後人未詳其義而草率刪去此字，今本《說文》遂不復見，
   唯賴韻書殘卷存之，惜入部之所從已不可知，今姑置「鬲」部之末。

熮 熬，楚巧反，一，說文又作此鬹（P3693・上巧）

〔註32〕《詁林》3～861 所引。

〔註33〕《詁林》3～927 所引。

鬻　熬也，从弼芻聲（三下‧弼部 3a）

案：「燭」為「鬻」字之俗寫，大徐本「臣鉉等曰：今俗別作爝、別作炒，非是」，字本從芻，後俗寫從二丑，《龍龕‧火部》以「爝」、「燭」同為「炒」之古文，此引《說文》明正字字形。

鬻　內肉湯中蕩出之，並出說文、加（唐‧入藥）

　　內肉及菜湯中薄出之，从弼翟聲（三下‧弼部 3a）

案：此引《說文》明出處與釋義，《裴‧入藥》「鬻　內肉湯中薄出之」，同無「及菜」二字，抄寫之脫誤，又「蕩」字涉上文湯字誤。

鬮　鬥耳，出說文（P3693‧上黝）

　　鬮　鬥取也，从鬥龜聲，讀若三合繩糾（三下‧鬥部 3b）

案：此引《說文》明出處與釋義，字頭「鬮」為「鬮」之俗寫，俗「門」、「鬥」二字形近易混，「耳」為「取」之殘字，《裴‧上黝》作「鬮　鬥取也」。

支　章移反，十，按說文云竹之枝也，從又持半竹（S2055‧平支）

支　章移反，十一加八，持也、勝也、舉也，又計也，說文云玄竹之持，又持半竹，無點（裴‧平支）

　　去竹之枝也，从手持半竹（三下‧支部 5a）

案：二韻書完整稱引《說文》釋形、釋義，而文字稍有出入。《S2055》脫一「去」字，《裴》「玄」為「去」字之誤，又脫一「從」字，皆當依今本《說文》訂正。二韻書釋形皆云：「從又持半竹」，與今本不同，考《說文》支篆文作「𢼏」，手篆文作「𠂇」，王筠《釋例》曰：「支下云從手持半竹，案：史下云從又持中，聿下云從又持巾，則此當亦云從又持半竹。雖手即是又，而既云從，則是說字形，支字從又不從手也。」〔註34〕，其說可從，當據韻書所引正今本為「從又持半竹」。

隸　僕□文作又附著從祟（P3696‧去齊）

　　隸　附著也，从隶柰聲　隸、篆文隸从古文之體（三下‧隶部 5b）

案：此引《說文》釋義與明重文字形，釋義與今本全同，其云「從祟」則字當作「隸」，與今本重文同。

〔註34〕《釋例》卷 13，頁 39。

段　徒玩反，三，說文作此（S6176・去翰）
　　段　推物也，从殳耑省聲（三下・殳部 6b）
案：此引《說文》說解字形，「此」後有闕字，待考。

役　營隻反，案文作伇，六（S2071・入昔）
　　役　戍邊也，从殳从彳　伇、古文役从人（三下・殳部 6b）
案：此引《說文》說明重文字形，其形「伇」與今本古文同。

皰　防教反，面瘡，說文亦皰，二（裴・去教）
　　皰　面生气也，从皮包聲（三下・皮部 7b）
案：此字頭用後起字而引《說文》說解本形，其形「皰」與今本同。皰生於面，故
　　字又從面包聲，是爲後起形聲。

更　易也，說文又古衡反，一（唐・去敬）
　　改也，从攴丙聲（三下・攴部 8a）
案：此引《說文》反切，大徐本曰：「說文之時，未有反切；後人附益，互有異同。
　　孫愐唐韻，行之已久。今並以孫愐音切爲定，庶夫學者有所適從。」〔註35〕，
　　《唐韻》「古衡反」，大徐作「古孟反又古行反」，「行」、「衡」同在平聲庚韻，
　　是爲同音，此大徐用孫愐音切之一證。

合　ヽ集，又音迨，說文作敆、會（唐・入合）
　　敆　合會也，从攴从合、合亦聲（三下・攴部 8b）
案：《說文・亼部》「合　合口也，从亼从口」，「合」、「敆」古今字而多混用，朱駿
　　聲《通訓定聲》曰：「敆　合會也，从攴合聲，《爾雅・釋詁》敆合也，太元元
　　告下敆上敆，注猶合也」〔註36〕，此於合下引《說文》「敆」字字形與釋義，
　　以與合字區別之，惟釋義脫一「合」字。

敗　薄邁反，二，說文作□□（P3696・去夬）
　　敗　毀也，从攴貝，敗賊皆从貝會意　賏、籀文敗从賏（三下・攴部 8b）
案：□□二字字形殘卷漫漶不可識，待考。

鈂　說文云持止，亦作撍（唐・去沁）

〔註35〕大徐本第十五篇下〈新校定說文解字進狀〉。
〔註36〕《通訓定聲》臨部第三，頁 54。

　　釘也，从攴金聲，讀若琴（三下‧攴部）

案：此條引《說文》釋義與今本不同，韻書所引是，當據正。考《玉篇‧攴部》「釙
　　巨林切，持止也」、《廣韻‧去沁》「釙　說文云持止也」，二書同作「持止」，沈
　　濤《古本考》「濤案：廣韻五十二沁引作『持止也』，蓋古本有止字，今奪」〔註
　　37〕，其說是。今得《唐‧去沁》所引，知唐本《說文》作「持止」。

〔註37〕《古本考》卷 3 下，頁 16。

第四上

夐　現，說文休嫂反（唐・去霰）
營求也，从夏从人在穴上，商書曰高宗夢得說，使百工夐求，得之傅巖，
巖、穴也（四上・夏部 1a）
案：此引《說文》反切舊音，「休嫂反」曉母霰韻，古音在段氏第十二部；大徐本「朽
正切」曉母勁韻，古音在段氏第十一部，二音雙聲而韻近。

眢　深目，說文一包反（P3693・上獮）
眢　深目也，从穴中目（四上・目部 1b）
案：此引《說文》反切舊音，大徐本「烏皎切」，小徐本「倚了反」，注文釋義同今
本《說文》。

蔑　目赤，說文云瞎（唐・入屑）
目眵也，从目蔑省聲（四上・目部 2b）
案：此引釋義與今本不同，「說文云瞎」爲俗本《說文》，不可從，當以今本爲正。

瞬　丶目，說文作瞚（S6176・去震）
瞚　開闔目數搖也，从目寅聲（四上・目部 3a）
案：「瞬」從舜聲，爲「瞚」之後起形聲字，大徐本「臣鉉等曰：今俗作瞬、非是」、
王筠《句讀》云：「瞚　俗作瞬」〔註38〕。此引《說文》說解正篆字形，其形
「瞚」與今本同。

智　知義反，一，說文從白，又作智（P3696・去寘）
智　識詞也，从白从于从知　秘、古文智（四上・白部 4a）
案：此引《說文》釋形與說明形體，釋形與今本同，而形體「智」與字頭同，當作
「智」，《裴・去寘》「智　知義反，明察，從白，古作智同，一」可證，此鈔手
之誤也。

鼽　月令曰民多鼽嚏，按文病寒鼻塞（S2071・平尤）
病寒鼻室也，从鼻九聲（四上・鼻部 4a）

案：此引釋義與今本不同，《玉篇》、《廣韻》亦作「塞」，段玉裁則改「室」爲「窒」，沈濤《古本考》云：「窒《篇》、《韻》皆引作塞，義得兩通」〔註39〕。

翰　鳥毛，胡旦反，十四加一，說文作翰，其上翰者天鷄羽也，周書曰大翰若翬，一曰晨風，周成王時蜀以獻之（S6176・去翰）

翰　天鷄赤羽也，从羽幹聲，逸周書曰大翰若翬雉，一曰鷐風，周成王時蜀人獻之（四上・羽部 4b）

案：此櫽括《說文》釋義而言，文句有所不同，當以今本爲正，「翰」從毛軗聲，爲「翰」之後起俗字。

翁　烏紅反，四，按說文頸毛也（S2055・平東）

翁　烏紅反，三加二，案說文鳥頭毛也，又尊老之稱（裴・平東）

頸毛也，从羽公聲（四上・羽部 4b）

案：二韻書引《說文》釋義，《S2055・平東》引與今本全同，《裴・平東》「說文鳥頭毛也」據本義而更言之。

隹　說文鳥之矩尾惣名（S2055・平脂）

隹　專也，案說文鳥之短尾惣名（裴・平脂）

鳥之短尾總名也，象形（四上・隹部 5a）

案：「惣」爲「總」之俗寫，二韻書引《說文》釋義，《裴》引與今本全同，《S2055》「矩」爲「短」之字誤。

雗　鵲鷽別名，一曰鷄毛又名雗音，說文又作鷁（S6176・去翰）

雗　雗鷽也，从隹軗聲（四上・隹部 5a）

案：此引《說文》說解字形而誤「雗」、「鷁」爲一字，《說文・鳥部》「鷁　雉肥鷁音者也，从鳥軗聲，魯郊以丹雞祝曰以斯鷁音赤羽，去魯侯之咎」，「雗」、「鷁」一從隹一從鳥，音同「侯幹切」而義各有別，段玉裁曰：「雗　雗鷽也，三字一句，此與鳥部鷁各物」。

奮　揚，說文翬也，從大鳥在田，詩曰不能奮飛，奞字先□反（S6176・去問）

奮　揚也，說文翬也，從奞田，詩云不能ㄟ飛，鳥張毛羽也（裴・去問）

奮　翬也，从奞在田上，詩云不能奮飛（四上・奞部 6a）

〔註39〕《古本考》卷 4 上，頁 11。

案：二韻書完整稱引《說文》釋義、釋形，《裴》引與今本全同，而「鳥張毛羽也」
當爲韻書對奮字之訓解，非《說文》原文如是；《S2055》「大鳥」爲「奄」字
之誤。

覈　度，說文一虢一略反（裴・入隔）
　　　夒　規夒商也，从又持隹，一曰視遽皃，一曰夒度也　覈、夒或从尋，
　　　尋亦度也，楚詞曰求矩夒之所同（四上・隹部 6a）

案：此引《說文》反切舊音，大徐本「乙虢切」，小徐本「俱縛反」，字頭則用《說
文》重文。

蔑　無也，說文從目戍，苜音木，蔑亦通，末結反，三加一（唐・入屑）
　　　勞目無精也，从苜、人勞則蔑然、从戍（四上・苜部 6b）

案：此引《說文》釋形而有誤字，「目」當據後文作「苜」。

羍　說文小⋯⋯（P3694・入末）
　　　小羊也，从羊大聲，讀若達（四上・羊部 7a）

案：此引《說文》釋義，後殘闕不可考。

羑　水名，在蕩陰，按文從久（S2071・上有）
□　⋯⋯湯陰，按說文進善也，從羊久省聲，文王所居羑里、在陽陰，作羑
　　　（P3693・上有）
羑　水名，在蕩陽，按說文進羑也，從羊久省聲，文王所居□里、在蕩陽獄，
　　　作羑字（裴・上有）
　　　羑　進善也，从羊久聲，文王拘羑里、在湯陰（四上・羊部 7a）

案：此字《S2071》引釋形與今本同，《P3693》、《裴》完整稱引《說文》而文字稍
有出入，「羑」字從羊久聲，「省」字爲切韻抄手所誤衍，應刪。《裴韻》「陽」
當作「陰」、「羑」當作「善」。又《說文》「湯陰」，《S2071》、《裴》皆作「蕩」，
段玉裁亦改作「蕩陰」。

夐　案說文云隹欲逸走，從又持之夐丶也，一曰視遽皃（ДХ01372・入藥）
夐　說文隹欲逸走，又視遽皃（裴・入藥）
夐　視遽，說文隹欲逸走，從又持之，加（唐・入藥）
　　　隹欲逸走也，从又持之夐夐也，讀若詩曰穬彼淮夷之穬，一曰視遽皃（四

上·瞿部 7b）

案：三韻書引與今本大略相同，《ДХ01372》完整稱引與今本同；《裴韻》所引釋義，
「住」爲「隹」之形誤；《唐韻》引釋形釋義而有所省略，當依今本。

鳥　都了反，五，說文長尾禽捴名也，象形，鳥之足似卜、從卜，按篆文作
□全依三點（P3693·上篠）
　長尾禽總名也，象形，鳥之足似匕、从匕（四上·鳥部）8a

案：此完整稱引《說文》釋義、釋形與今本全同，惟「卜」爲「匕」之形誤。

鳳　馮貢反，一，說文從几鳥聲（P3696·去送）
　神鳥也，天老曰：鳳之象也，鴻前麐後、蛇頸魚尾、鸛顙鴛思、龍文虎
　背、燕頷雞喙，五色備舉，出於君子之國、翺翔四海之外，過崑崙、飮
　砥柱，濯羽弱水、莫宿風穴，見則天下大安寧，從鳥凡聲（四上·鳥部
　8a）

案：此引「說文從几鳥聲」與今本不同，形符、聲符互倒。考韻書稱引《說文》之
　例，無論其字爲會意或形聲，多以「從某」、「從某某」說明其所從部件而已，
　而形符與本字聲、韻均遠，此非唐代音讀如此，亦非韻書形聲互倒，實爲釋形
　誤衍「聲」字。

鷫　說文五方神鳥也，東方日出發明，南方鷫鵬，西方鸛鷫，北方幽昌，中
　央鳳凰（裴·入屋）
　鷫鷞也，五方神鳥也，東方發明，南方焦明，西方鷫鷞，北方幽昌，中
　央鳳皇，從鳥肅聲（四上·鳥部 8a）

案：此引釋義與今本略有不同，「日」疑作「曰」，「鷫」爲「鷫」之後起形聲字，而
　「鷫鵬」、「鳳皇」與今本不同者，蓋一本如此作。

鶴　似鵠長喙……，說文作鸖（ДХ01372·入鐸）
　鶴　鳴九皋，聲聞于天，從鳥寉聲（四上·鳥部 8b）

案：《說文》作「鶴」與字頭同，「鸖」從霍聲，爲「鶴」之俗體，爲後起形聲字，《干
　祿字書·入聲》作「鸖鶴　上俗下正」是其證，疑韻書字頭與注文字誤倒。

鶻　鶻鷿名，逆尾九尾，出說文，又音括（唐·入鎋）
　鶻　麋鶻也，從鳥昬聲（四上·鳥部 9a）

案：此但引《說文》說明出處，注文釋義與《說文》不同。

鶍　鶍鳥名，說文秦漢之初侍中冠鶍鶍冠鷩（S6176・去震）

　　鶍　鶍鶍鷩也，从鳥夋聲（四上・鳥部 9b）

　　鸃　鶍鶍也，从鳥義聲，秦漢之初侍中冠鶍鶍冠（四上・鳥部 9b）

案：此於「鶍」引《說文》釋義，《說文》則見於「鸃」字下，疑韻書所引爲是，原
　　文當在「鶍」字下，今本誤移。考《說文》之例，於連綿字多於前一字作「某
　　某也」，並說解詳細字義於後；下一字但言「某某也」，如「玟瑰」、「珊瑚」、「菅
　　蘮」之例是，沈濤《古本考》曰：「觀《廣韻》所引漢初句當在鵔字下，今本在
　　鸃字解下亦誤」〔註40〕，其說可從。又《S6176》所引冠後有「鷩」字，今本
　　《說文》脫，當據韻書補。

扵　央魚反，五，說文從於（S2055・平魚）

　　烏　孝鳥也，象形　孔子曰烏肝呼也，取其助气故以為烏呼　𥥊、古文
　　烏，象形　扵、象古文烏省（四上・烏部 10a）

案：「扵」爲古文「扵」字形之俗寫隸變，《王・平魚》「於　央魚反，俗作扵」可證。
　　此引《說文》說解重文字形，其形「扵」與今本同，「從」字疑爲「作」字之誤。

〔註40〕《古本考》卷 4 上，頁 27。

第四下

幼　少也，說文從幺刀，伊謬反，一（唐・去幼）
　　幼　少也，从幺从力（四下・幺部 1b）
案：此引《說文》釋形，「刀」爲「力」之形訛。

墼　丘丶，說文云無土，亦得□□墼□（ДХ01372・入鐸）
　　叡　溝也，从奴从谷，讀若郝　墼、墼或从土（四下・奴部 2b）
案：此引《說文》說解正篆字形，「無土」之形「叡」與今本同，□諸字照片模糊難
　　識，待考。

叡　與睿同，聖，說文作此叡、深明（P3696・去祭）
　　叡　深明也、通也，从奴从目从谷省　睿、古文叡　叡、籀文叡从土（四
　　下・奴部 2b）
案：《裴・去祭》作「叡　與睿同，聖也，又叡深」，「叡」爲「叡」之訛字，《正字
　　通・又部》「叡　叡字之譌」可證，此引《說文》說解字形與釋義，皆與今本同。

殣　薶，說文又道中死人所也，詩云行有死人，尚或丶之（裴・去震）
　　道中死人，人所覆也，从奴堇聲，詩云行有死人，尚或殣之（四下・歺部
　　3a）
案：此櫽括《說文》釋義而有脫字，與今本略同，當從今本。

殆　枯痒也，出說文，加（ДХ01466・平[模]）
　　枯也，从歺古聲（四下・歺部 3a）
案：字頭闕，今依《廣・平模》「殆　枯痒，說文枯也」補。此引釋義較今本多一「痒」
　　字，爲韻書作者所增，當以今本爲正。

肢　體，按說文又作此胑（S2055・平支）
　　胑　體四胑也，从肉只聲　肢、胑或从支（四下・肉部 4b）
案：「肢」爲「胑」之重文，今人多用肢字。此引《說文》說明正篆字形，其形「胑」
　　與今本同。

膫　炙也，出說文（S6176・去嘆）

膋 炙也，出說文，加（唐・去笑）

　　牛腸脂也，從肉尞聲，詩曰取其血膋（四下・肉部 5b）

案：兩韻書同云「出說文」但明出處，惟其說解「炙也」當為引申義。

脂 旨夷反，四加五，案說文戴角曰脂，無角曰膏（S2055・平脂）

脂 旨夷反，四加五，案說文戴角曰脂，無角曰膏（裴・平脂）

　　戴角者脂，無角者膏，從肉旨聲（四下・肉部 5b）

案：此引《說文》釋義與今本不同，嚴章福《說文校議議》「影《宋書鈔》卷百四十
　　七引『戴角者曰脂，無角者曰膏』，此少兩曰字」〔註41〕、慧琳《一切經音義》
　　卷 37《佛說雨寶陀羅尼經》注所引同；沈濤《古本考》「濤案：止觀《輔行傳》
　　七之三引作『戴角曰脂，無角曰膏』，蓋古本亦有如是作者」〔註42〕，疑《說
　　文》本作「戴角者曰脂、無角者曰膏」，《輔行傳》、韻書所引省「者」，今本則
　　省「曰」字。

䐌 炙合熟，亦作䐁，出說文，加（唐・去闞）

䐖 說文食云肉不饜，又腿䐖（唐・去陷）

　　食肉不猒也，從肉臽聲，讀若陷（四下・肉部 6a）

案：《唐・去陷》引釋義與今本同而字有互倒，「食云」當作「云食」，《唐・去闞》
　　但引《說文》明出處。

筋 說文從竹肉，疑竹丶 物之多（王・平殷）

　　肉之力也，從力從肉從竹，竹、物之多筋者（四下・筋部 6b）

案：此引《說文》釋形，「從竹肉」同今本，疑「疑竹丶 物之多」六字當作「竹、
　　物之多丶 」，方能與今本合。

剡 削，又縣名，時琰反，在會稽，說文銳利（P3693・上琰）

剡 削，又縣名，在會稽，又時琰反，說文利也（裴・上琰）

　　銳利也，從刀炎聲（四下・刀部 6b）

案：二韻書引《說文》釋義，《P3693・上琰》與今本全同，《裴・上琰》承其而誤脫
　　一「銳」字。

〔註41〕《詁林》頁 4～784 所引。
〔註42〕《古本考》卷 4 下，頁 16。

剪　即踐反，三加一，說文□□□爲前字，所以前下更加刀（P3693・上獮）
　　前　齊斷也，从刀㱿聲（四下・刀部 7a）
案：「剪」同「剪」，俱爲「前」之俗字，此引《說文》明正俗字而有殘闕。

劋　丶丶絕，子小反，二，說文又作劋（P3693・上小）
　　劋　絕也，从刀喿聲，周書曰天用劋絕其命（四下・刀部 7b）
案：《說文・力部》「勦　勞也，春秋傳曰安用勦民，从力巢聲」，字本作「劋」，後
　　作「剿」，又改作「勦」，段玉裁曰：「〈夏書・甘誓〉天用劋絕其命，天寶已前
　　本如是……蓋衛包當日改劋爲从刀之剿猶可說也，改爲从力之勦則不可說矣」。

罰　丶丶罪，說文力詈，俗罰同（裴・入月）
　　罰　辠之小者，从刀从詈，未以刀有所賊，但持刀罵詈則應罰（四下・
　　刀部 7b）
案：此引《說文》釋形，其說同今本，惟「力」爲「刀」之形訛。

券　約，去願反，三，說文契券別之書，刀其傍故謂之券，從力者俗字（S6176・
　　去願）
　　券　契也，从刀釆聲，券別之書，以刀判契其旁、故曰契券（四下・刀部
　　7b）
案：此欒括《說文》釋義而略言之，當以今本爲正。

觶　爵，說文鄉飲酒角，實曰觴、虛曰觶，受四升者也（P3696・去寘）
觶　爵受四升，說文鄉飲酒角，實曰觴、虛曰觶（裴・去寘）
　　觶　鄉飲酒角也，禮曰一人洗舉觶，觶受四升，从角單聲（四下・角部
　　9a）
案：《說文・角部》「觴　觶實曰觴、虛曰觶，从角觴省聲」，二韻書於「觶」字下
　　引《說文》，但誤竄入「觴」字釋義，當以今本爲正。

第五上

篠　細竹，蘇鳥反，四，說文作此筱，從攸（P3693・上篠）
　　筱　箭屬小竹也，从竹攸聲（五上・竹部 1a）
案：「篠」爲「筱」之後起形聲字，《玉篇・竹部》「筱、先鳥切，筱箭也，又小竹　篠、
　　同上」，此引《說文》說解字形而同今本。

范　說文法也，從竹丶　簡書也，氾古法有竹刑也（P3696・上范）
　　范　法也，从竹，竹簡書也，氾聲，古法有竹刑（五上・竹部 1b）
案：此完整稱引《說文》釋義、釋形與補述，小徐本作「范　法也，從竹氾聲，竹
　　簡書也，古法有竹刑」，段玉裁從之。今得《P3696・上范》所引，知《說文》
　　一本有氾字在後者。

籋　說文云箱也，加（唐・入葉）
　　箝也，从竹爾聲（五上・竹部 2b）
案：此引釋義與今本不同，「箱」爲「箝」之形誤，《說文・竹部》「箝　籋也」，箝、
　　籋二字互訓，當依今本爲正。

笘　字林苫也，設文云竹箕斫牒（P3799・入帖）
　　折竹箠也，从竹占聲，穎川人名小兒所書寫爲笘（五上・竹部 3a）
案：「設」疑爲「說」之形誤，惟釋義與今本不同，又「竹箕斫牒」諸書未見，存疑
　　待考。

箾　說文以竹擊人，又舞者所執，加（唐・入覺）
　　以竿擊人也，从竹削聲，虞舜樂曰箾韶（五上・竹部 3a）
案：此引釋義與今本不同，「竹」爲「竿」之誤，《廣・入覺》「箾　說文曰以竿擊
　　人」可證，當以今本爲是。「又舞者所執」五字，沈濤《古本考》「濤案：《廣
　　韻》四覺引『箾以竿擊人又舞者所執』，蓋古本有『一曰舞者所執也』七字」〔註
　　43〕，其說非是，「又舞者所執」五字，當爲韻書編者對《說文》「虞舜樂曰箾韶」
　　語之補充釋義，非《說文》古本如此。

〔註43〕《古本考》卷 5 上，頁 7

簺　格五戲，說文云行碁相塞故曰簺（唐・去代）
　　行棊相塞謂之簺，从竹从塞、塞亦聲（五上・竹部 3b）
案：此引《說文》而檃括其釋義，當以今本爲正，「碁」爲「棊」之形誤。

簙　六簙棊類，出說文，書本單作博，加（唐・入鐸）
　　局戲也，六箸十二棊也，从竹博聲，古者烏胄作簙（五上・竹部 3b）
案：此引《說文》但說明出處，注文釋義與今本不同，簙棊之字後代多用「博」。

筭　計，蘇段……說文從……（S6176・去翰）
　　筭　長六寸計歷數者，从竹从弄，言常弄乃不誤也（五上・竹部 3b）
案：此引《說文》釋形而有殘闕，《裴・去翰》「筭　蘇段反，計也，從玉，俗竿，
　　二」。

笑　說文云字林竹犬，又作咲，私妙反，二（唐・去笑）
　　笑（五上・竹部 3b）
案：此字爲大徐本「新修字義十九文」之一〔註 44〕，大徐本云「此字本闕，臣鉉
　　等案：孫愐唐韻引說文云『喜也从竹从犬』而不述其義，今俗皆从犬。又案：
　　李陽冰刊定說文『从竹从夭』，義云竹得風、其體夭屈如人之笑，未知其審」，
　　段玉裁曰：「《唐韵》每字皆勒《說文》篆體，此字之从竹犬，孫親見其然，是
　　以唐人無不从犬作者，《干祿字書》云咲通笑正，《五經文字》力尊《說文》者
　　也，亦作『喜也从竹下犬』……又按宋初《說文》本無笑，鉉增爲十九文之一
　　也，孫愐但『从竹从犬』，其本在竹部抑在犬部，鉉不能知，故綴於部末」，《唐・
　　去笑》文義不明，疑「說文云」後有所脫誤，《裴・去笑》作「笑　私妙反，從
　　犬，三」。

其　渠之反，十八加一，按說文作此𠀠，舉也（S2055・平之）
　　箕　簸也，从竹𠀠、象形，下其丌也　𠀠、古文箕省　𠙹、亦古文箕　𠥩、
　　亦古文箕　𥴩、籀文箕　𠥑、籀文箕（五上・箕部 4a）
案：此引《說文》說解字形與釋義，其形「𠀠」爲古文「𠙹」之楷定，「舉也」與今
　　本不同，不知何所據。

〔註44〕〈新校定說文解字進狀〉「左文一十九說文闕載，注義及序例偏旁有之，今並錄於諸
　　　　部」。

甚　**植枕反，一，說文安樂也，從目、疋耦也，又古文作此是**（P3693・上寑）

甚　尤安樂也，从甘、甘匹耦也　𠯕、古文甚（五上・甘部 5a）

案：此完整稱引《說文》釋義、釋形與重文皆有誤，當以今本爲正。「安」前當補「尤」字，「目」當作「甘」，「是」當作「𠯕」，率皆抄寫之訛誤。

羲　**按說文氣也，從兮聲**（S2055・平支）

气也，从兮義聲（五上・兮部 6a）

案：此引《說文》釋義與釋音，釋義同今本，釋音「從兮聲」則不同。考「羲」許羈切，曉母支韻，古韻在段氏十六部；「兮」胡雞切，匣母齊韻，古韻在段氏十五部，羲、兮旁紐雙聲而韻近。雖二字有聲韻關係，個人以爲仍當以《說文》「从兮義聲」爲正，韻書引《說文》「從某」多不言聲，此當脫一「義」字，或「聲」字爲韻書編者以羲、兮亦有聲韻關係而加，非《說文》原文如此。

壴　**說文云陳樂也，加**（唐・去遇）

陳樂立而上見也，从屮从豆（五上・壴部 6b）

案：此節引《說文》釋義，當以今本爲正。

豑　**說文云次第，加**（唐・入質）

爵之次弟也，从豊从弟，虞書曰平豑東作（五上・豊部 7b）

案：此節引《說文》釋義，當以今本爲正。

豐　**敷隆反，六，按說文豆之滿者也，从豆**（S2055・平東）

豆之豐滿者也，从豆、象形，一曰鄉飲酒有豐侯者（五上・豐部 8a）

案：此引《說文》釋義、釋形，釋形與今本同，「之」字後脫一「豐」字，當以今本爲正。

艷　**以瞻反，美色，說文從豐，四**（裴・去艷）

豔　好而長也，从豐，豐、大也，盍聲，春秋傳曰美而豔（五上・豐部 8a）

案：「艷」爲「豔」之俗，《玉篇・豐部》「豔　弋贍切，美也、好色也，俗作艷」，此引釋形與今本同。

虙　**〃羲，說文云獸皃，又姓、虙子賤是**（唐・入屋）

虎皃，从虍必聲（五上・虍部 8a）

案：此引《說文》釋義而更「虎」爲「獸」，當以今本爲正。

贅 獸名，似犬多力 一曰對爭……說 文分別也，從豙對爭具（P3693・上 鉎）

分別也，从豙對爭貝，讀若迴（五上・豙部 8b）

案：此引《說文》釋義、釋形，釋義與今本同，「具」爲「貝」之形誤，當以今本爲正。

齎 黍稷在器，說文從血（S2055・平脂）

齎 黍稷在器以祀者，从皿成齊聲（五上・皿部 9a）

案：此引說文釋形與今本不同，「血」爲「皿」之形誤，當以今本爲正。

盜 拭器也，出說文也，加（唐・入質）

械器也，从皿必聲（五上・皿部 9a）

案：《P2011・入質》、《王・入質》、《裴・入質》均作「盜 拭器」與《唐》同，韻書所引是。段玉裁改爲「拭器」，其說曰：「《廣韵》、《集韵》、《類篇》皆作拭……此作拭者說解中容不廢俗字，抑後人改也……今各本作械器非古本」，王筠《句讀》亦作「拭器」，曰：「水部濊泧、拭滅兒，盜、濊聲之轉蓋通用」〔註45〕，其說可從，今得諸韻書與《唐・入質》所引，知唐本《說文》作「拭器」。

盉 說文調味也（S6176・去箇）

盉 說文調味（裴・去箇）

盉 說文云調未，加（唐・去過）

調味也，从皿禾聲（五上・皿部 9a）

案：三韻書皆引《說文》釋義，《S6176》、《裴》與今本全同，《唐・去過》「未」爲「味」之誤省。

溢 滿，說文水注皿爲溢（王・入質）

益 伊昔反，說文水注皿，從橫水從皿添，亦作益，七（王・入昔）

饒也，从水皿，皿、益之意也（五上・皿部 9a）

案：二韻書引釋義與今本不同，是爲韻書作者解釋「益」字之義，非原文如此，《王・入昔》「益 伊昔反，饒也，從水皿，三」可參。或疑「水注皿爲溢」爲當時《說文》注本之語。

〔註45〕《句讀》卷9，頁33。

衊　污血也，出說文（唐・入屑）

　　衊　污血也，从血蔑聲（五上・血部 10a）

案：原書作「衊、污血也，出說文　衊、ヽ 尐也，小，出說文，尐字即列反，加」，
　　字頭當作「衊」，抄寫者因下字「衊」而誤，《P2011・入屑》「衊　污血，又莫
　　練反」可證，所引釋義與今本同。

第五下

井　子郢反，二，說文中有點，八家一井，象構井韓之形，韓字胡于反（P3693・上[靜]）

　　丼　八家一井，象構韓之形、□豔之象也，古者伯益初造井（五下・井部1b）

案：此引《說文》釋義與釋形，「說文中有點」其形「丼」與小篆同，釋義亦同，釋形「象構井韓之形」衍一「井」字，當以今本爲正。

鬱　說文云芳草也，釀酒以降神（P3694・入物）

鬱　說文云草釀酒以除神，加（唐・入物）

　　芳艸也，十葉爲貫，百廾貫築以煮之爲鬱，从臼冖缶鬯，彡、其飾也。一曰鬱鬯百艸之華，遠方鬱人所貢芳艸，合釀之以降神。鬱、今鬱林郡也（五下・鬯部2a）

案：「草」通「艸」，兩韻書引《說文》釋義而有所隱括，當以今本爲正。

飪　熟食，力稔反，四，說文作餁，大熟（P3693・上寢）

　　飪　大熟也，从食壬聲　肛、古文飪　恁、亦古文飪（五下・食部2a）

案：「餁」從任聲，爲「飪」之後起形聲字，此用或體而引《說文》說解字形與釋義，釋義與今本同，訓解之「餁」當作「飪」，此涉字頭而誤。

饔　熟食，說文作此饔（S2055・平鍾）

饔　熟食，按說文又饔（裴・平鍾）

　　饔　孰食也，从食雝聲（五下・食部2a）

案：「饔」之篆文作「饔」，隸定後作「饔」，此字頭用或體而引《說文》說解字形，形體與今本同。

粢　祭飯，按說文作此餈，又作此粢（S2055・平脂）

　　餈　稻餅也，从食次聲　餈、餈或从齊　粢、餈或从米（五下・食部2a）

　　齍　稷也，从禾齊聲　秶、齍或从次（七上・禾部）

　　糜　糁也，从米麻聲（七上・米部）

案：此引《說文》說解字形以明通用與假借。「糜」字本義爲「糁也」，《釋名》曰糜

煮米使糜爛也，「糜」與「粢」義近而可通用。「粢」、「粢」同從次聲，故得假借，段玉裁於「齋」字下注曰：「今日經典粢盛皆从米作，則又粉餈之或字而誤鐏之」，其說可參。

飶　食之香者，出說文，加（唐・入質）
　　食之香也，从食必聲，詩曰有飶其香（五下・食部 2b）
案：此引《說文》釋義而改語助詞「也」爲「者」，當以今本爲正。

餧　食，於偽反，一，說文更無餧字，有二音（P3696・去寘）
　　餧　飢也，从食委聲，一曰魚敗曰餧（五下・食部 3a）
案：此引《說文》「說文更無餧字，有二音」文義不明，待考。

亼　說文云三合、從入一聲，合僉之類皆是，又子入反，加（唐・入緝）
　　三合也，从入一、象三合之形，凡亼之屬皆从亼，讀若集（五下・亼部 3a）
案：此引《說文》釋義與釋音，釋義同今本，釋音「從入一聲」則不同。考「亼」秦入切，從母緝韻，古韻在段氏七部；「一」於悉切，影母質韻，古韻在段氏十二部，二字聲韻俱遠，「聲」字爲韻書作者所加，非《說文》原文如此。韻書引《說文》多誤衍「聲」字。

缸　甖類，按說文作此㼚，二同（S2055・平江）
　　缸　㼚也，从缶工聲（五下・缶部 4a）
案：《說文・瓦部》「㼚　似甖、長頸，受十外，讀若洪，从瓦工聲」，「缸」、「㼚」音義皆同，此引《說文》明二字之關係。

廩　倉，力稔反，四，說文作此㐭，穀所振入，宗廟粢盛，倉黃躰㐭而取之，故爲之入㐭，從入、象屋形中有戶牖。又作廩、從木無點，顏監從禾有點也（P3693・上寑）
　　㐭　穀所振入，宗廟粢盛，倉黃㐭而取之，故爲之㐭，从入、回象屋形中有戶牖　廩、㐭或从广从禾（五下・㐭部 6a）
案：字頭「廩」爲「㐭」之重文，此完整稱引《說文》，其形「㐭」與今本同，釋義、釋形略有增刪，皆當以今本爲正。

圖　思度，說文音鄙，訓云難意，今因循作圖，非（P2011・平模）

嗇也，从口㐭、㐭受也（五下・㐭部 6a）

案：此引《說文》釋音、釋義，「說文音鄙」爲韻書說解字音方式，非《說文》原文如是。「難意」之訓解，見《說文・啚部》「啚　畫計難也，从口从㐭，㐭難意也」。

麲　說文┄┄屑之┄┄（P3693・上齊）
　　麲　小麥屑之覈也，从麥贵聲（五下・麥部 7a）

案：此引《說文》釋義而有殘闕，殘存文字同今本。

麵　說文作麪（唐・去霰）
　　麪　麥末也，从麥丏聲（五下・麥部 7a）

案：「麵」爲「麪」之俗體，《P2011・去霰》作「麵　莫見反，麥粖，亦作麪」。此引《說文》說明正字字形，其形「麪」與今本同。

奰　說文云理稼奰之進也，詩云奰丶 良耜，又音測（唐・入職）
　　治稼奰奰進也，从田人从夊，詩曰奰奰良耜（五下・夊部 7b）

案：此引釋義與今本不同，當以今本爲正，「之」當作「奰」，「治」字避唐帝諱而改爲「理」，「耟」爲「耜」之形誤。

鐂　車軸頭鐵，說文作䡐，俗作轄、非也，轄字音磕，胡瞎反，四（唐・入鐂）
　　䡐　車輪耑鍵也，兩穿相背，从舛萬省聲，萬古文偰字（五下・舛部 7b）

案：「鐂」、「轄」皆爲「䡐」之或體，《P2011・入鐂》「鐂　胡瞎反，車軸頭鐵，亦作轄，正作䡐，十二」。此引《說文》明正字，朱駿聲《通訓定聲》「按：轄即此字之或體，許書誤分爲二也，字又作鐂」〔註46〕。

韈　望發反，說文從韋，足衣也，一（裴・入月）
　　韤　足衣也，从韋蔑聲（五下・韋部 8a）

案：「韈」爲「韤」之俗，大徐本「臣鉉等曰：今俗作韈、非是」，此引《說文》釋義、釋形，其說與今本同。

繊　緣韠縫，說文作韰（唐・去線）

〔註46〕《通訓定聲》泰部第 13，頁 42。

　　鞤　革中辨謂之鞤，从韋弆聲（五下・韋部 8a）

案：「韏」為「鞤」之或體，《裴・去線》「鞤、亣疋革絕曰絕辯中辨曰鞤也　韏、緣韗縫，亦作鞤」，此引《說文》明字形，其形「鞤」與今本同。

第六上

樲　ㄟ棗，說文酸棗別名（P3693・上獮）
　　酸小棗也，从木然聲，一曰染也（六上・木部 2b）
案：此用《說文》釋義而更言之，當以今本爲正。

果　古火反，六，說┄┄┄┄┄爲菓┄┄┄┄┄（P3693・上哿）
　　果　木實也，从木、象果形在木之上（六上・木部 3b）
案：此卷二處殘闕，「說」字以下不可識，殆爲稱引《說文》之詞。

梃　木片，說文一杖（P3693・上迥）
　　一枚也，从木廷聲（六上・木部 4a）
案：此引釋義與今本不同，「杖」爲「枚」之形誤。

槮　樹長，亦作藜，說文引詩槮差荇菜（P2014・平侵）
　　木長兒，从木參聲，詩曰槮差荇菜（六上・木部）4a
案：此引《說文》引經與今本不同，「行」爲「荇」之形誤。

杳　烏皎反，六，說丄文宜也，從日在木（P3693・上篠）
　　杳　冥也，从日在木下（六上・木部 4b）
案：此引《說文》釋義釋形，「宜」爲「冥」之形誤，「下」字倒寫，當移至「木」下，其說與今本同。

榱　屋橑，案說文秦名爲椽，周謂榱，齊之桷也（S2055・平脂）
榱　屋棟，案說文秦爲椽，周爲榱，齊爲桷（裴・平脂）
　　秦名爲屋椽，周謂之榱，齊魯謂之桷，从木衰聲（六上・木部 5a）
案：兩韻書引釋義與今本略有不同，韻書引文多有檃括，當以今本爲正，惟二本
　　所引無「魯」字，小徐本「榱　秦名爲屋椽，周謂之榱，齊謂之桷，从木衰聲」
　　與韻書同，沈濤《古本考》「濤按：《御覽》百八十八居處部引『秦謂之椽周謂之
　　榱魯謂之桷』，是古本無齊字……又按：《易・漸》釋文引『秦謂榱周謂之椽齊謂
　　之桷』，是古本亦有有齊字者……《尒疋・釋宮》釋文引又與今本同」〔註47〕。

〔註47〕《古本考》卷6上，頁12。

楣　戶楣，按說文秦名曰屋聯櫋，周齊謂之檐，楚謂之梠（S2055・平脂）
楣　戶楣，又案說文秦名曰屋連綿，周謂之檐，楚謂之梠（裴・平脂 5a）
　　秦名屋櫋聯也，齊謂之檐，楚謂之梠，從木眉聲（六上・木部）
案：二韻書引釋義與今本略有不同，《說文・木部》「櫋　屋櫋聯也」，段注：「《釋名》
　　曰梠或謂之櫋，櫋縣也，縣連檐頭使齊平也」，是《說文》本作「屋櫋聯」，韻
　　書或譌作「屋聯櫋」，或據《釋名》改爲「屋縣連」，又譌爲「屋連綿」；「齊謂
　　之檐」《S2055》衍一「周」字、《裴韻》又誤刪「齊」而存「周」，遂成此誤，
　　皆當依今本改正。

搥　按說文作此椎，擊也（S2055・平脂）
　　椎　擊也，齊謂之終葵，從木隹聲（六上・木部 7a）
案：「搥」即「槌」之譌，俗寫偏旁「木」、「才」易混，「槌」通「椎」，桂馥《義
　　證》「椎　通作槌，《語林》鍾雅語祖士曰：我汝穎之士利如錐，卿燕代之士鈍
　　如槌」〔註48〕，此引《說文》說解字形與釋義與今本全同。

撿　書撿，又按說文、杜延業字樣為檢（P3693・上琰）
　　檢　書署也，從木僉聲（六上・木部 7b）
案：手之楷書偏旁「才」易與木形混，字頭「撿」爲「檢」之形誤，《裴・上广》「檢
　　書丷」可證。《說文・手部》「撿　挑也，從手僉聲」，「檢」、「撿」音同而義別，
　　此引《說文》誤以二字爲一字。

檮　說文斷木（P3693・上晧）
　　檮　斷木也，從木壽聲，春秋傳曰檮杌（六上・木部 8a）
案：字頭「檮」爲「檮」之形誤，《王・上晧》「檮　斷木」可證，此引釋義與今本
　　全同。

櫳　案說文房室之（裴・平東）
　　櫺　房室之疏也，從木龍聲（六上・木部 5a）
　　櫳　檻也，從木龍聲（六上・木部 8b）
案：「櫳」字段玉裁以爲後人所增，其言曰：「櫺與櫳皆言橫直爲窗櫺通明，不嫌同
　　偁……左木右龍之字，恐淺人所增」，其說是。古本《說文》有「櫺」無「櫳」，
　　櫺本房屋之窗，引申爲鳥獸之籠、囚檻之義，即《古本考》「一切經音義卷一引

〔註48〕《義證》卷 17，頁 37。

三蒼云櫳所以盛禽獸」〔註49〕之義，而後淺人增「櫳」篆，然其時代甚早，故唐寫本木部殘卷已作「櫳　檻也，从木龍聲」，小徐本亦同。今得《裴・平東》所引，知唐代「欞」、「櫳」二字已混用，其例與《文選》〈鸚鵡賦〉李善注「《說文》曰：櫳房室之疏也」〔註50〕同。

柙　檻也，以盛藏虎光，出說文，加 （唐・入狎）
　　檻也，以藏虎兕，从木甲聲 （六上・木部 8b）

案：「光」爲「兕」之形誤，此引釋義較今本多一「盛」字，韻書所引是。又唐寫本木部殘卷作「柙　檻也，可以盛藏虎兕，从木甲聲」，知今本實脫「可」、「盛」二字，當據補。

椁　棺〻也，說文作槨，應從[……] （ДХ01372・入鐸）
　　槨　葬有木章也，从木章聲 （六上・木部 8b）

案：「椁」爲「槨」之隸變，此字頭用或體而引《說文》說解字形，其形「槨」與今本同，殘闕處不可考。

椸　案說文衣架，又籭 （裴・平支）
　　衣架也，从木施聲 （六上・木部新附 8b）

案：此字見木部新附，字頭、引《說文》釋義皆同今本，鈕樹玉《說文新附考》：「《玉篇》椸音移衣架也，〈釋宮〉釋文引《字林》『椸楊前机也』」〔註51〕，大徐本「有許慎注義序例中所載而諸部不見者，審知漏落，悉從補錄。復有經典相承傳寫及時俗要用，而《說文》不載者，承詔皆附益之，以廣籀篆之路」〔註52〕，今得《裴・平支》所引，知徐鉉補新附字實有根據。

東　德紅反，二，按說文春方也、動也，從日，又云日在水中 （S2055・平東）
東　德紅反，二加一，說文春方也、又動也，從木從日，又云從日在水中 （P2017・平東）
東　按說文春主東方也、万物生動也，從木從日，又云日在水中，德紅反，二加二 （裴・平東）

〔註49〕《古本考》卷6上，頁30。
〔註50〕《文選》卷13，〈鸚鵡賦〉「順籠檻以俯仰」。
〔註51〕《說文新附考》卷2，頁15。
〔註52〕大徐本第十五篇下〈新校定說文解字進狀〉。

　　動也，从木，官溥說从日在木中（六上・東部 9a）

案：三韻書皆完整稱引《說文》，然所引與今本略有不同。各韻書「春主東方也，万
　　物生動也」數字今本皆無，考《白虎通・五行》云：「東方者動方也，萬物始動
　　生也」，又《藝文類聚・歲時部上》引《書大傳》云：「東方者動方也，物之動
　　也」，皆與韻書所引近似，疑韻書所引已混雜其他文獻。又《S2055》、《裴韻》
　　「日在水中」，「水」字皆為「木」字之形訛。復考小徐本作「東、動也，從日
　　在木中」，與韻書引同無「从木官溥說」五字，可知宋代二徐所見《說文》傳本
　　已有不同。

第六下

叒　說文日出博桑叒（裴・入藥）
　　日初出東方湯谷所登博桑叒木也，象形（六下・叒部 1a）
案：此引《說文》釋義而有所省略，當依今本爲正。

之　止而反，三加一，語助，說文至也（裴・平之）
　　出也，象屮過中、枝莖益大有所之，一者地也（六下・之部 1a）
案：此引釋義與今本不同，今本爲是。《爾雅・釋詁》「之　往也」，至、往皆「之」
　　　字本義之引申。

賣　莫解反，一，說文從出買聲（P3696・去卦）
賣　莫懈反，說文從出買，一（裴・去懈）
　　賣　出物貨也，从出从買（六下・出部 1b）
案：《裴・去懈》所引釋形與今本同。《P3696・去卦》引「從出買聲」形聲與《說
　　　文》「从出从買」異，當有聲字，考「買」莫蟹切、「賣」莫懈切，二字雙聲且
　　　古韻同在段氏十六部，「買」、「賣」具有聲韻關係。又小徐本「賣　出物貨也，
　　　從出買聲」，宋保《諧聲補逸》云：「賣　《繫傳》『買聲』，《九經字樣》亦云『从
　　　出从買聲』，可知《說文》舊有聲字，又瞔、濱二字並與賣同部皆从買聲，是其
　　　證也。」〔註53〕，「聲」字當爲大徐所刪，可據補。

顀　嵞顀，案文作顟（S2071・入屑）
　　黜　蓺黜、不安也，从出臬聲，易曰蓺黜（六下・出部 1b）
案：此引《說文》說解字形，其形「顟」與今本「黜」同从出臬而左右互倒。

丰　〲茸，又扶風反，按說文作此草木盛丰也，從生而上下違（S2055・平鍾）
　　屮盛丰丰也，从生、上下達也〔註54〕（六下・生部 2a）
案：此稱引《說文》釋義、釋形而有所隱括，當以今本爲正，「違」爲「達」之形誤。

圖　畫，說文畫計難，從口、音章，從圖、〲難意，用啚作圖非（P2011・平

〔註53〕《詁林》5～1016 所引。
〔註54〕大徐本「盛」作「或」，誤，今依孫星衍校本、小徐本、段注本改。

模）

　畫計難也，从口從啚，啚難意也（六下‧口部 3b）

案：此完整稱引《說文》釋義、釋形而有誤字，「書」爲「畫」之形誤，「圖」爲「啚」之誤，皆當以今本爲正。

圜　說文云迴也，商書曰圜、丶者升雲半有半無，加（唐‧入昔）

　圜　回行也，从口睘聲，尚書曰圜、圜升雲半有半無，讀若驛（六下‧口部 3b）

案：字頭「圜」爲「圜」之誤字，據後文「圜丶者」及《裴‧入昔》「圜　回行也」可證。《唐韻》所引釋義不同，「迴」爲「回行」之引申，當從今本；「商書曰圜丶者升雲半有半無」較今本多一「者」字，又「尚」作「商」，當以韻書所引爲是，沈濤《古本考》「濤案：玉篇引尚書作商書，蓋古本如是，許書引壁中經無作尚書者。升雲下有者字，古本當在升字之上……又廣韻二十二昔引升上有者字，古本正如是」〔註 55〕，其說可從。

贅　□□芮反一□文以□質……（P3696‧去祭）

　以物質錢，从敖貝，敖者猶放、貝當復取之也（六下‧貝部 5a）

案：此引《說文》釋義，有多處模糊、殘闕不可考。

責　側革反，說文作賾，求，五（裴‧入隔）

　賾　求也，从朿貝聲（六下‧貝部 5a）

案：「責」爲「賾」之隸變，此字頭用或體而引《說文》說解字形與釋義，其說與今本全同。

郂　邑，按說文周文王所都，在右扶風羌陽中外鄉也，或從山也（S2055‧平支）

　郂　周文王所封，在右扶風美陽中水鄉，从邑支聲　岐、郂或从山支聲，因岐山以名之也（六下‧邑部 6a）

案：此完整稱引《說文》，所引釋義乃隱括其詞，當從今本，「羌」爲「美」之形誤、「外」爲「水」之誤，《漢書‧地理志》「右扶風美陽、禹貢岐山在西北，中水鄉、周大王所邑」；韻書說解重文「從山」之形作「岐」與今本同。

〔註 55〕《古本考》卷 6 下，頁 37。

酆　邑名，按說文周王所都，在京兆杜陵西南（S2055・平東）
　　周文王所都，在京兆杜陵西南，从邑豐聲（六下・邑部 6a）
案：此引釋義「說文周」後脫一「文」字，韻書抄寫時所脫，當以今本爲正。

脒　按文作郗（S2071・入質）
縢　邑名，說文作郗（裴・入質）
　　郗　齊地也，从邑桼聲（六下・邑部 8a）
案：「脒」、「縢」皆爲「膝」之俗寫。「郗」爲齊地名，桂馥《義證》「齊地也者，通
　　作漆。春秋襄二十一年，邾庶其以漆、閭邱來奔」〔註 56〕，俗又譌作「膝」，
　　此字頭用俗體而引《說文》說解正字。

〔註 56〕《義證》卷 19，頁 46。

第七上

智　說文尚冥也（P3694・入沒）

昒　尚冥，又出為詞，說文作智（裴・入紇）

　　昒　尚冥也，从日勿聲（七上・日部 1a）

案：《P3694・入沒》引釋義同今本，而其字頭與《裴・入紇》「說文作智」俱與今
　　本不同，韻書所引是。考小徐本「智　尙冥也，從日勿聲，臣鍇曰：今《史記》
　　作昒同」，段玉裁亦改篆文作「智」，王筠《句讀》：「《繫傳》曰：今《史記》作
　　昒，案大徐本即然，以群書改之也」〔註57〕，其說是。《說文》本有「智」無
　　「昒」，後爲與日部出气詞「智」區別，而改爲左日右勿，今得《裴・入紇》所
　　引，知唐本《說文》字形作「智」。

暘　一出暘谷，按文崵（S2071・平陽）

　　暘　日出也，从日昜聲，虞書曰暘谷（七上・日部 1b）

　　崵　崵山在遼西，从山昜聲，一曰嵎鐵崵谷也（九下・山部）

案：《說文》「暘」、「崵」二字音同而義有別，「暘」義爲日出，「崵」爲山名。韻書
　　於「暘」下說解字形云「按文崵」，蓋今古文《尙書》之別，段玉裁於「崵」下
　　注曰：「土部引《書》宅嵎夷、日部引《書》暘谷，皆謂古文《尙書》也，此云
　　嵎銕崵谷則今文《尙書》也」。

䜊　星無，出說文，加（唐・去霰）

　　星無雲也，从日燕聲（七上・日部 1b）

案：此引釋義與今本不同，《唐韻》所引脫一「雲」字，當以今本爲正。

曄　光，筠輒反，又為立，按文作此爗（S2071・入葉）

　　曄　光也，从日从垂（七上・日部 1b）

案：立下脫一「反」字，《唐・入葉》「曄　光也，筠輒反，又爲立反，三」可證補。
　　《說文》有「曄」無「爗」，疑此字非出於《說文》。又疑字當作「暈」，《廣・
　　入葉》「曄、光也，筠輒切，又爲立切，七　暈、上同」。又疑字當作「爗」，《說
　　文・火部》「爗　盛也，从火曅聲，詩曰爗爗震電」。

〔註57〕《句讀》卷13，頁2。

尠 說文眾微妙（裴・入沓）

眾微杪也，从日中視絲，古文以為顯字，或曰眾口皃、讀若唫唫，或以為繭、繭者絮中往往有小繭也（七上・日部 2a）

案：此引釋義與今本不同，「妙」爲「杪」之形誤，當以今本爲正。

曝 蒲木反，日乾，說文傍無日作暴同，六（裴・入屋）

暴 晞也，从日从出从収从米（七上・日部 2a）

案：「曝」爲「暴」之俗字，參《龍龕手鏡・日部》，此引《說文》說解字形與今本同。

皢 呼鳥反，一，說文從白（P3693・上篠）

曉 明也，从日堯聲（七上・日部 2b）

皢 日之白也，从白堯聲（七下・白部 10a）

案：「說文從白」字當作「皢」，「曉」、「皢」《說文》二字分別，今多以「曉」爲日白之義，此引「皢」字明二字之通用。

曑 丶辰，說文正作曑（P2014・平侵）

曑 商星也，从晶㐱聲 曑、參或从省（七上・晶部 4a）

案：《P2011・平侵》「曑 丶辰日俗……參爲……」同，「曑」疑爲「曑」之誤，《說文》篆文楷定作「曑」，而重文或體作「曑」。

朞 今按說文古從今日從月，二同（S2055・平之）

期 會也，从月其聲 ᅲ、古文期从日丌（七上・月部 4a）

案：「今」、「日」二字互倒，當改。字頭「朞」爲重文「ᅲ」之俗寫，本從日丌聲，後改從月其聲，「說文古從日今從月」說明重文形構，小徐本「臣鍇曰：丌、古其字」。

夢 莫鳳反，四加一，說文云不明，從夕瞢省（P3696・去送）

夢 不明也，从夕瞢省聲（七上・夕部 5a）

案：此引「從夕瞢省」較今本少一「聲」字，當依今本。韻書所引多說解所從部件，非《說文》原文如是。

頛 難曉，說文從夕、遠也（裴・去泰）

外 遠也，卜尚平旦，今夕卜於事外矣（七上・夕部 5a）

案：韻書原文作「頛、難曉，說文從夕、遠也　外、吾會反，遠，一」，「說文從夕遠也」六字當在「外」字注文之下，其所引與今本同。

鼎　說文作此鼎，三足兩耳，和味之寶器，易曰卦巽木於下者為析木以鼎也，從貞省，古以為鼎（P3693・上迥）
　　三足兩耳，和五味之寶器也，昔禹收九牧之金，鑄鼎荊山之下，入山林川澤，螭魅蝄蛧莫能逢之，以協承天休，易卦巽木於下者為鼎，象析木以炊也，籀文以鼎為貞字（七上・鼎部 6b）
案：此引與今本字句略有不同，當依今本，惟「從貞省，古以爲鼎」，大徐本無，小徐本則作「鼎　三足兩耳，和五味之寶器也，昔禹收九牧之金，鑄鼎荊山之下，入山林川澤，螭魅蝄蛧莫能逢之，以協承天休，易卦巽木於下者爲鼎，象析木以炊鼎也，從貞省聲，古文以貞爲鼎，籀文以鼎爲貞」，與韻書合。

鼐　大鼎，按說文小鼎（裴・去代）
　　鼐之絕大者，從鼎乃聲，魯詩說鼐小鼎（七上・鼎部 6b）
案：此引《說文》「鼐」字魯詩說又義，與今本全同。

朮　直律反，藥名，亦荒，說文無點，二（裴・入質）
　　秫　稷之黏者，從禾朮、象形　朮、秫或省禾（七上・禾部 7b）
案：「朮」爲「秫」之重文，篆文作「𥠖」有點，與韻書引「說文無點」之說解不合，《唐・入術》作「秫　穀名，古作朮」，知唐時「朮」俗寫作無點之「朮」，其例與「者」、「寬」諸字同。

移　弋支反，十加一，按說文遷也，作此迻，從禾者禾名（S2055・平支）
移　弋支反，十加十六，說文遷也，禾名也，又作迻（裴・平支）
　　移　禾相倚移也，從禾多聲，一曰禾名（七上・禾部）
　　迻　遷徙也，從辵多聲（二下・辵部 8a）
案：「移」、「迻」《說文》別爲二字，此於「移」下引「迻」字釋義、字形，以明二字之假借。朱珔《說文假借義證》曰：「辵部迻遷徙也，《書・多士》移爾遐逖、《齊語》則民不移，注移徙也，凡遷移字皆當爲迻之假借」〔註58〕，其說是。

兼　古念反又古嫌反，說文從二秝，二（裴・去桥）

〔註58〕《詁林》6～418 所引。

 并也，从又持秝，兼持二禾，秉持一禾（七上‧秝部 9a）

案：此引釋形與今本不同，當以今本爲正，「秝」爲「秝」之形誤。

粲　放也，說文云迸散，加（唐‧入曷）

　　粲　糣粲散之也，从米㱕聲（七上‧米部 10a）

案：此引釋義與今本不同，「迸散」爲《說文》本義之引申，當以今本爲正。

第七下

豉　鹽豉，是義反，二，說文又作此䜴（P3696・去寘）
　　䜴　配鹽幽尗也，从尗支聲　豉、俗䜴从豆〔註59〕（七下・尗部 1b）
案：「豉」爲「䜴」重文俗體，此引《說文》說解正篆字形，其形「䜴」與今本同。

韮　菜，說文草（P3693・上有）
菲　菜，按說文無草，又作韭（裴・上有）
　　韭　菜名，一種而久者故謂之韭，象形、在一之上，一、地也，此與耑同意（七下・韭部 1b）
案：二韻書引《說文》說解字形皆有訛字，《裴・上有》「說文無草」，其形「韭」與今本同，字頭「菲」爲「韮」之形誤；《P3693・上有》脫「無」字。

鑋　說文韲（P3696・去隊）
　　鑋　韲也，从韭隊聲（七下・韭部 1b）
　　韲　鑋也，从韭次尗皆聲　齏、韲或从齊（七下・韭部）
案：此引釋義與今本不同，《王・去隊》作「鑋　韲ˋ」、《裴・去誨》作「鑋　韲」。韻書所引是，大徐本用或字「齏」當改，小徐本「鑋　韲也，从韭隊聲」可證。

韰　菜，說文作韰（P3696・去怪）
韰　菜，或韰，通俗薤，說文韰（裴・去界）
　　韰　菜也，葉似韭，从韭叡聲（七下・韭部 1b）
案：「韰」、「韰」皆爲「韰」之或體，《集・去怪》「韰薤韰　說文菜也，菜似韭，或作薤韰」。此引《說文》說解正篆字形，其形「韰」與今本同。

窔　室東北隅，按說文無穴作此宧，養也、食所居（S2055・平之）
　　宧　養也，室之東北隅，食所居，从宀臣聲（七下・宀部 2b）
案：「窔」爲「宧」之俗體，「宀」、「穴」部首偏旁多混用，此引《說文》說解字形與釋義，皆與今本同。

定　安也，說文從正正，徒逕反，二（唐・去徑）

〔註59〕大徐本「支」作「攴」，形近而誤，今依小徐本、段注本改。

安也，从宀从正（七下・宀部 2b）

案：此引釋形而衍一「正」字，《裴・去暝》「定　徒逕反，從正，二」可證，當據刪。

躬　按說文作此躳也（S2055・平東）

躳　身也，从身从呂　躬、躳或从弓（七下・呂部 3b）

案：「躬」爲「躳」之重文，此字頭用重文而引《說文》明正字字形，其形「躳」同今本。

窵　說文六窵窅深也，加（唐・去嘯）

窵窅深也，从穴鳥聲（七下・穴部 4a）

案：《唐韻》原文作「窵、說文六窵窅深也，加　叫、叫呼，古弔反，六」，「六」字因下文而衍，當刪，所引釋義與今本同。

闚　去隨反，一，說文小視也、作此窺，二同（S2055・平支）

窺　小視也，从穴規聲（七下・穴部 4a）

案：此引《說文》字形而明假借，《說文・門部》「闚　閃也，从門規聲」，二字有別，同從規聲而可假借，李富孫《說文辨字正俗》曰：「按窺與闚義別……《易》闚觀，釋文本亦作窺，今俗二字通用」〔註 60〕。

竄　說文穿地（P3696・去祭）

竄　說文穿地，一曰小鼠聲，周礼大喪用乀 也（裴・去祭）

穿地也，从穴毚聲，一曰小鼠，周禮曰大喪甫竄（七下・穴部 4b）

案：《P3696》節引釋義與今本同，《裴韻》「用」爲「甫」之形誤，又較今本多一「聲」字，段玉裁以爲當有，曰：「聲字據《玉篇》補，宋本小鼠下皆空一字，必是聲字耳，竄入聲如猝，於鼠聲相似」，又小徐本作「竄　穿地也，从穴毚聲，一曰小鼠聲，周禮曰大喪甫竄」亦有聲字，今得《裴・去祭》所引，知唐本《說文》作「一曰小鼠聲」。

癮　說文寐而有覺也，周礼以日月星辰占六癮之吉凶，一曰正夢、二曰噩夢、三曰思癮、四曰悟夢、五曰懼夢、六曰喜夢，俗單作（P3696・去送）

癮　說文夢而有覺也，周礼以日月星辰占六夢之吉凶，一曰夢、二曰罕夢從寐省、三曰思夢、四曰悟夢、五曰懼夢、六曰熹夢，乀 作此癮，此夢亦

〔註 60〕《詁林》6～791 所引。

通用耳（裴・去凍）

寐而有覺也，从宀从疒夢聲，周禮以日月星辰占六寢之吉凶，一曰正寢、二曰咢寢、三曰思寢、四曰悟寢、五曰喜寢、六曰懼寢（七下・寢部 4b）

案：兩韻書所引釋義與今本略有不同，當以今本爲正，惟二韻書作「五曰懼夢、六曰喜夢」，次第與今本相反，《周禮・春官・占夢》作「五曰喜夢、六曰懼夢」，疑韻書有誤。

寢　臥，說文作寢（P3693・上寑）

寢　說文病臥（P3693・上寑）

寢　病臥也，从寢省𡨦省聲（七下・寢部 5a）

寑　臥也，从宀侵聲，讀若撟〔註 61〕（七下・宀部）

案：原卷作「寑、室，七稔反，三加一　寢、臥，說文作寢　寢、說文病臥」，「寢」字所引釋義與今本同；寢字引「說文作寢」，「寢」疑當作「寢」，「寢」當爲「寢」之後起省體，其例與《王・上寑》「寑　七稔反，室，正作寢，五」同。

冒　說文冃亡報反（P3693・上獮）

冃　小兒蠻夷頭衣也，从冂、二其飾也（七下・冃部 7a）

案：此引《說文》反切舊音，大徐本「莫報切」，小徐本「忙報反」。

最　作會反，說文從曰，一（裴・去泰）

最　犯而取也，从冃从取（七下・冃部 7a）

案：此引釋形而有誤字，「曰」當爲「冃」之形誤。

敝　說文狀，一曰敗（P3696・去祭）

帗也，一曰敗衣，从攴㡀、㡀亦聲（七下・㡀部 10b）

案：此引釋義而有誤字及脫字，「狀」爲「帗」之形誤，敗後脫一「衣」字，當依今本，《廣・去祭》作「敝　說文曰帗也，一曰敗衣也，又姓、左傳有敝無衣」。

〔註 61〕大徐本「侵」作「𠬶」，誤，今依段注本改。

第八上

好　婕好，今按說文婦官也、作伃（S2055・平魚）
　　伃　婦官也，从人予聲（八上・人部 1b）
案：「好」爲「伃」之或體，桂馥《義證》「伃爲相予，則訓佐理亦宜，然後以爲婦
　　職，因易人爲女耳」〔註62〕，此引《說文》說解字形，其形「伃」與今本同。

儴　說文云長壯皃，加（唐・入葉）
　　長壯儴儴也，从人巤聲，春秋傳曰長儴者相之（八上・人部 2a）
案：此麇括《說文》釋義而更言之，當以今本爲正。

贎　……說文又作儥（S6176・去願）
　　儥　引爲賈也，从人賣聲（八上・人部 4a）
案：原卷字頭闕，今依《裴・去願》「贎　引与爲傿，又於面反，又作儥，又於偃反」
　　補。「贎」從貝匽聲，爲「儥」後起形聲字，《玉篇・貝部》作「贎　於獻切，
　　物相當」，此引《說文》說解字形，其形「儥」與今本同。

佻　說文瑩（P3693・上小）
　　愉也，从人兆聲，詩曰視民不佻（八上・人部 4a）
案：此引「說文瑩」與今本不同，亦不見於各種字書、韻書，存疑待考。

膨　奴浩反，四，說文作此㺻（P3693・上晧）
　　𡿪　頭髊也，从匕、相比著也，巛象髪，囟象𡿪形（八上・七部 6a）
案：「㺻」爲「腦」之誤，「膨」、「腦」皆爲腦之「俗」，《王・上晧》作「腦　奴浩
　　反，髓，四」。此引說解字形而《說文》無「膨」、「腦」二字而作「𡿪」，韻書
　　當爲淺人改用俗字。

艮　卦名，說文從貝，古恨反，五（T II D1・去恨）
　　艮　很也，从匕目、匕目猶目相匕不相下也，易曰艮其限，匕目爲艮，
　　匕目爲真也（八上・七部 6a）
案：此引釋形而有誤字，「貝」爲「目」之形訛，當以今本爲正。

眾　之仲反，多，又之融反，說文從三人、眾立，一（裴・去凍）
　　众　眾立也，从三人（八上・众部 6b）
案：《說文・众部》「众　多也，从众目眾意」，「众」、「眾」爲古今字，見《正字通》，
　　此於「眾」下引「众」字釋形釋義，其說與今本全同。

褚　說文云衣背縫，加（唐・去号）
　　衣躬縫，从衣毒聲，讀若督（八上・衣部 8a）
案：韻書所引爲是，《玉篇・衣部》作「褚　都鵠切，衣背縫也」可證；《說文・衣
　　部》「裻　新衣聲，一曰背縫，从衣叔聲」，段玉裁注曰：「此則多毒切，與上褚
　　義同」。

衷　按說文裏褻衣也（S2055・平東）
衷　善也，按說文衷褻衣，又陟仲反（裴・平東）
　　裏褻衣，从衣中聲，春秋傳曰皆衷其祖服（八上・衣部 9a）
案：二韻書引《說文》釋義，《S2055・平東》引同今本，《裴・平東》「裏」誤涉字
　　頭作「衷」，當從今本。

裘　按文求無點，巨鳩反，十二（S2071・平尤）
　　裘　皮衣也，从衣求聲，一曰象形、與衰同意　求、古文省衣（八上・
　　裘部 10a）
案：裘之古文作「求」，韻書以「按文求無點」說解古文字形，與今本合。

耄　惛忘也，說文作薹同（裴・去号）
　　薹　年九十曰薹，从老从蒿省（八上・老部 10a）
案：「耄」從老省毛聲，爲「薹」之後起形聲，朱珔《說文假借義證》曰：「今字作
　　耄，从老省毛聲，而經典薹字則老不省」〔註63〕。此引《說文》說解字形，其
　　形「薹」同今本。

受　植酉反，四，說文作壽（P3693・上有）
　　壽　久也，从老省𠋫聲（八上・老部 10a）
案：此引《說文》說解字形而誤脫字頭「壽」，「受」爲有韻小鈕，「壽」爲鈕內之字，
　　《王・上有》「受、植酉反，容，四　壽、富年」可證，《P3693》原文當作「受、

植酉反，四　壽、說文作壽」，所引與今本同。

第八下

兒　汝移反，一，按說文作此兒（S2055・平支）

　　兒　孺子也，从儿、象小兒頭囟未合（八下・儿部 2b）

案：「兒」爲「兒」之或體，《裴・平支》作「兒　汝移反，一，俗兒」。此引《說文》
　　說解字形，其形「兒」與今本同。

覤　自有察省見，出說文（P3693・上小）

　　覤　目有察省見也，从見票聲（八下・見部 3b）

案：此引釋義與今本不同，當以今本爲正，「自」爲「目」之形誤，《王・上小》「覤
　　目自省見兒」、《P2011・上小》「覤　目察省見」可證。

睒　暫見，說文作此覝、見（P3693・上琰）

　　覝　暫見也，从見炎聲，春秋公羊傳曰覝然公子陽生 [註64]（八下・見部
　　3b）

案：《說文・目部》「睒　暫視兒也，从目炎聲，讀若白蓋謂之苫相以」，二字同從炎
　　聲，異部而音義皆同，此引《說文》明二字之通用，朱駿聲《通訓定聲》注「睒」
　　字曰：「按此字當爲之覝或體，今系于此」[註65]。

歕　一骨反，一，咽中息不利，出說文，新加（P3694・入沒）

歕　咽中息，出說文，加（唐・入沒）

　　咽中息不利也，从欠骨聲（八下・欠部 5a）

案：二韻書引《說文》釋義，《P3694・入沒》與今本同，《唐・入沒》則爲節引，當
　　從今本。

飲　於錦反，一，說文作歙、歠（P3693・上寢）

　　歙　歠也，从欠酓聲　㱃、古文歙从今水　䫲、古文歙从今食（八下・
　　歙部 5b）

案：「飲」爲「歙」之俗，此引《說文》說明正篆字形與釋義，皆與今本同。

〔註64〕大徐本「見炎」誤倒爲「炎見」，今依小徐本、段注本改。

〔註65〕《通訓定聲》謙部第四，頁 20。

第九上

願　魚怨反，欲也、樂也，說文作顤，三（裴・去願）
　顤　顛頂也，从頁囟聲（九上・頁部 1a）
　願　大頭也，从頁原聲〔註66〕（九上・頁部 1b）
案：此引《說文》說解字形明二字之通用，「願」、「顤」《說文》別爲二字，同音而
　　義有別，《玉篇・頁部》作「顤、魚怨切，顛也　願、同上」，以「願」、「顤」
　　爲一字。

領　李郢反，三加一，說文頸也（P3693・上[靜]）
　項也，从頁今聲（九上・頁部 1b）
案：此引釋義與今本不同，韻書所引是，段注「按：項當作頸，碩人桑扈傳曰領頸
　　也，此許所本也，釋名國語注同」，今得《P3693》所引，知唐本《說文》作「頸
　　也」。

鷗　說文云面前鷗，加（唐・入覺）
　頯　面前岳岳也，从頁丘聲（九上・頁部 1b）
案：此引釋義而有俗誤字，《裴・去覺》「頯　面前丶丶也」、《廣・去覺》「頯　說
　　文云面前頯頯也」可證，「鷗」爲「頯」之俗誤，字頭與引文皆當改正。

頯　頭莂頯，出說文（P3696・去怪）
頯　頭莂頯，出說文，加（唐・去怪）
　頭蔽頯也，从頁　聲（九上・頁部 1b）
案：「莂」爲「蒯」之俗，見《廣韻》。此引釋義與今本不同，小徐本「頯　頭蔽頯
　　也，从頁五聲」，段玉裁、桂馥、王筠從之，王筠《句讀》曰：「衛太子蒯聵，
　　蔽即蒯之古字」〔註67〕。

頲　狹頭頲丶也，出說文也（P3693・上迥）
　狹頭頲也，从頁廷聲（九上・頁部 2a）
案：此引釋義與今本不同，韻書所引爲正，段玉裁曰：「疑當作狹頭頲頲也」、沈濤

〔註66〕大徐本「大頭」作「八頎」，字形之誤，今依小徐本、段注本改。
〔註67〕《句讀》卷17，頁4。

《古本考》「濤案：《玉篇》引無頵字，狹頭頵語亦不詞，段先生曰：疑當作狹頭頵頵也」〔註68〕，今得《P3693‧上迴》所引，知唐本《說文》作「狹頭頵頵也」。

□頓　都┄┄□說文┄┄□（S6176‧去慁）
頓　說文從屯，亦姓、魏志華他傳有督郵頓多獻，都困反，三（唐‧去慁）
　　頓　下首也，從頁屯聲（九上‧頁部 2a）
案：《唐‧去慁》所引釋形同今本，《S6176‧去慁》「說文」以下殘闕。

俛　俯，說文作頫（P3693‧上獮）
　　頫　低頭也，從頁逃省，太史卜書頫仰字如此，揚雄曰人面頫　俛、頫或從人免〔註69〕（九上‧頁部 2a）
案：「俛」爲「頫」之重文，此引《說文》說明正篆字形，其形「頫」與今本同。

顈　倨視也，出說文（P3693‧上獮）
　　倨視人也，從頁善聲（九上‧頁部 2a）
案：此引釋義較今本脫一「人」字，《王‧上獮》「顈　倨視」亦同，皆當以今本爲正。

獮　丶妍也，說文作顬（裴‧去霰）
　　獮　頭妍也，從頁翩省聲，讀若翩〔註70〕（九上‧頁部 2a）
案：「顬」字各書未見，疑韻書所引是，古本《說文》當作「顬　頭妍也，從頁翩聲」，後人簡省筆劃作「獮」，遂改《說文》作「翩省聲」，而後獮字又音「羽」，再於《說文》加「讀若翩」三字以明之，大徐本「臣鉉等曰：從翩聲又讀若翩，則是古今異音也，王矩切」，是不明文字演變而致誤也。

□面　┄┄□說文作□┄┄□頭作面，俗作面者非也，引箭反，二加一（唐‧去線）

□面　┄┄□說文作此□□出俗也，弥箭反，二（TⅡD1‧去□線）
　　面　顏前也，從𦣻、象人面形（九上‧面部 3a）
案：二韻書引《說文》說解字形，原卷殘闕不可考。

〔註68〕《古本考》卷 9 上，頁 3。
〔註69〕大徐本「頫」作「俛」，今依文意及孫星衍刻本、段注本改。
〔註70〕大徐本「翩」作「羽」，今依小徐本、段注本改。

首　書久反，四，說文古文作□人□（P3693・上有）

　　首　百同，古文百也，巛象髮謂之鬊，鬊即巛也（九上・首部 3a）

案：此引《說文》說解字形，原卷字跡漫漶不可識，待考。

髭　口上毛，按說文作此頿（S2055・平支）

　　頿　口上須也，从須此聲（九上・須部 3b）

案：「髭」爲「頿」之俗，「髟」、「須」義近通用，大徐本「臣鉉等曰：今俗別作髭，非是」，其例同「鬝、髯」。此引《說文》說解正篆字形，其形「頿」與今本同。

額　說文矩項髮皃（S2055・平脂）

　　短須髮皃，从須否聲（九上・須部 3b）

案：此引釋義而有誤字，「矩項」爲「短須」之形誤，《王・平脂》「額　短鬚髮皃」可證，當以今本爲正。

彭　飾，出說文（S2071・上靜）

　　清飾也，从彡青聲（九上・彡部 3b）

案：此引釋義與今本不同，韻書所引是，小徐本「彭　飾也，從彡青聲」〔註71〕，同無「清」字，本當作「彭」，即段玉裁所謂複舉字刪之未盡者，後又形誤作「清」，今得《S2071・上靜》所引，知唐本作「飾也」。

髮　頭毛，說文從犬，方伐反，三加一（唐・入月）

　　根也，从髟犮聲（九上・髟部 4a）

案：此引釋形與今本不同，「犬」爲「犮」之形誤，當以今本爲正。

鬌　說文云婦人束小髻，又音祭（唐・去霽）

　　束髮少也，从髟截聲（九上・髟部 4b）

案：此引釋義與今本不同，蓋一本作此，《龍龕・镸部》「鬌　子計反，說文云婦人束小髮也，又祭節二音，露髻也」，沈濤《古本考》「又案：《龍龕手鑑》引『婦人束小髮也』，蓋古本又有如此作者」〔註72〕，是知《說文》傳本已有異。

鬄　說文云髮，加（唐・入昔）

　　髮也，从髟易聲（九上・髟部 4b）

〔註71〕《繫傳》卷 17。

〔註72〕《古本考》卷 9 上，頁 9。

案：此引釋義與今本不同，「髮」爲「髮」之誤，當從今本。

鬎　說文云除髮，加（唐・入錫）

鬎　鬎髮，又音逖，出說文，加（唐・入昔）
　　鬎髮也，从髟从刀易聲（九上・髟部 4b）

案：兩韻書同引《說文》釋義，《唐・入昔》所引同今本，《唐・入錫》易其字爲「除」而意義相同。

后　按說繼體君（裴・上厚）
　　繼體君也，象人之形，施令以告四方故厂之，从一口，發號者君后也（九上・后部 5a）

案：此引釋義與今本同，說下當補一「文」字。

后　厚怒聲，出說文（P3693・上厚）

后　厚怒聲，出說聲，又吐，又奚垢反（裴・上厚）
　　厚怒聲，从口后、后亦聲（九上・后部 5a）

案：二韻書引《說文》釋義，《P3693》所引同今本，《裴》「聲」當作「文」，蓋涉上文而誤。

司　按說文臣司事於外者也，從反后（S2055・平之）
　　臣司事於外者，从反后（九上・司部 5a）

案：此引釋義較今本多一「也」字，韻書所引是，當據補，《玉篇・司部》「司　胥茲切，司者主也，說文臣司事於外者也」可證。

卮　圓器也，一名觛，所以節飲食，出說文（S2055・平支）

卮　圓酒器，以玉爲之，受二升，狀如雞頭，一名觛，所以節飲也，出說文（裴・平支）
　　圓器也，一名觛，所以節飲食，象人、卪在其下也，易曰君子節飲食（九上・卮部 5a）

案：二韻書引《說文》釋義，《S2055・平支》所引同今本，《裴・平支》引亦同，「以玉爲之，受二升，狀如雞頭」當爲韻書編者所增，非《說文》原文如是。

礴　出卮有蓋，出說文（P3693・上獮）
　　小卮有耳蓋者，从卮專聲（九上・卮部 5a）

案：此引釋義與今本不同，今本爲是。「出」當作「小」，蓋涉下文而誤，《王・上獼》「礴　小卮有蓋」可證。

厄　厄木節也，賈侍中以爲厄蓋，出說文（P3693・上巧）

科厄、木節也，从卩厂聲，賈侍中說以爲厄裏也，一曰厄蓋也〔註73〕（九上・卩部 5b）

案：此引《說文》釋義，「賈侍中以爲厄蓋」檃括賈侍中以爲及一曰義，當以今本爲正。

卷　縣名，說文從卩，腂曲也，今作卷，五（P2014・平宣）

卷　厀曲也，从卩柔聲〔註74〕（九上・卩部 5b）

案：此引《說文》釋形釋義，釋形同今本；「腂」爲「膝」之俗，小徐本「卷　膝曲也，从卩柔聲」〔註75〕，與韻書同，疑古本作「膝曲」。

誘　說文相呼誂也，從厶羑聲，作羑二同（P3693・上有）

羑　相誂呼也，从厶从羑　誘、或从言秀　誘、或如此　羑、古文〔註76〕（九上・厶部）

案：此字完整稱引《說文》，釋義與今本同；「從厶羑聲」與今本「從厶從羑」會意不同。考《廣・上有》「羑」、「羑」同爲「與久切」，二者同音，具有聲音關係，當依韻書所引爲正。沈濤《古本考》曰：「羑下當有聲字」〔註77〕、王筠《句讀》「案：當作羑聲。此由既增古文羑，遂改其文也」〔註78〕，二說可參。

〔註73〕大徐本「裏」作「裹」，字形之誤，今依小徐本、段注本改。
〔註74〕大徐本「厀」作「部」，字形之誤，今依孫星衍刻本、段注本改。
〔註75〕《繫傳》卷 17。
〔註76〕大徐本「厶」作「多」，今依小徐本、段注本改。
〔註77〕《古本考》卷 9 上，頁 14。
〔註78〕《句讀》卷 17，頁 30。

第九下

截　作結反，案文作巀，三（S2071・入屑）
　　巀　辥巀山，在馮翊他陽，从山截聲（九下・山部 1a）
案：《說文・戈部》「截　斷也，从戈雀聲」，「截」、「巀」二字形義俱有別，《S2071》
　　韻書誤以二字為一字，不可從，《王・入屑》作「截、作結反，斷，四　巀、
　　丶 辥山高」可證。

郭　古博反，三，說文作此崞（ДХ01372・入鐸）
　　崞　山、在雁門，从山臯聲（九下・山部 1a）
案：此引《說文》說解字形而誤脫字頭「崞」，「郭」為有韻小鈕，「崞」為鈕內之
　　字，《裴・入鐸》「郭、古博反，四　崞、縣名，在鴈門」是其證，《ДХ01372》
　　原文當作「郭、古博反，三　崞、說文作此崞」，所引字形與今本同。

岨　山，說文又作此岨（S2055・平魚）
　　岨　石戴土也，从山且聲，詩曰陟彼岨矣（九下・山部 1b）
案：「岨」從石且聲，為「岨」之後起形聲，《原本玉篇・石部》「岨　且居反，毛詩
　　陟彼岨矣，傳曰土載石曰，尒雅亦云，郭璞曰：土山上有石者也，說文爲岨字
　　在山部」〔註79〕可證，此引《說文》字形明正字，其形「岨」與今本同。

密　說文云山脊也，從必，又靜也，美筆反，四加一（唐・入質）
　　山如堂者，从山宓聲（九下・山部 1b）
案：此引釋義與今本不同，當從今本，「山脊也」為「岡」字字義，小徐本「岡　山
　　脊也，從山网聲」，沈濤《古本考》「濤案：《廣韻》五質引作『山脊也』，乃傳
　　寫譌誤，山脊是岡字之解，非密字之解也」〔註80〕，其說是。

嵍　丘也，出說文，加（唐・去遇）
　　山名，从山敄聲（九下・山部 2a）
案：此引釋義與今本不同，韻書所引是，《原本玉篇・山部》「嵍　亡力反，說文嵍

〔註79〕《原本玉篇殘卷》頁 475。
〔註80〕《古本考》卷 9 上，頁 2。

—89—

丘也，野王案：《尒雅》前高浚下曰嶅丘」〔註81〕可證，二徐皆作「山名」，當正。

嵩　息隆反，四，按說文小名，又高（S2055・平東）
中岳嵩高山也，从山从高、亦从松，韋昭國語注云古通用崇字（九下・山部新附 2a）

案：此字今本《說文》未見，惟見於徐鉉新附，《裴・平東》作「嵩　息隆反，四，高也，又山名，又作崧」，《S2055》則引《說文》釋義。考「嵩」字於經典常見，如《爾雅・釋詁》「喬、嵩、崇，高也」、《史記・封禪書》「太室，嵩高也」，今得《S2055・平東》所引，知唐代長孫訥言所見《說文》傳本尚有「嵩」字，後代傳鈔時脫落，宋代徐鉉校定《說文》時於新附中補入。又所引「小」爲「山」字之形譌。

廙　屋中會也諧，出說文（S2055・平東）
廙　屋階中會也，出說文（裴・平東）
屋階中會也，从广㒸聲（九下・广部 3a）

案：兩韻書引《說文》釋義，《裴韻》引全同今本，《S2055》「諧」爲「階」之形譌，又誤移於「也」字後，當從今本。

疜　厚大，莫江反，六，按說文從（S2055・平江）
厖　石大，从厂尨聲（九下・厂部 3b）

案：「疜」爲「厖」之俗誤，俗寫偏旁「厂」、「广」混用，《廣・平江》「厖　厚也、大也，莫江切，十四」可證。《S2055・平江》引「說文從」文意未完，當有脫字。

厭　於艷反，說文厂甘肉犬為〃，三（王・去豔）
笮也，从厂猒聲，一曰合也（九下・厂部 4a）

案：此引釋形與今本不同，未明其本，《裴・去艷》「猒　於艷反，飽也，從日月犬，三」類此，存疑待考。

礦　金璞，古猛反，四，說文從黃（P3693・上梗）
礦　銅鐵樸石也，从石黃聲，讀若穬（九下・石部 4a）

〔註81〕《原本玉篇殘卷》頁 434。

案：「礦」從石廣聲，為「磺」之後起形聲，今多以「礦」為金石字，此引「從黃」
　　說明正字，其形「磺」同今本。

碻　水島石也，出說文（S2055・平鍾）
碻　水島石，出說文（裴・平鍾）
　　水邊石，從石巩聲，春秋傳曰闕碻之甲（九下・石部 4b）
案：此引釋義與今本不同，「水島石」當為韻書注文，非《說文》原文如是，《原本
　　玉篇・石部》「碻　居隴反，說文水邊石也」〔註82〕與今本同。

磹　碎石墮地聲，出說文也，加（唐・入陌）
　　碎石隕聲，從石炙聲（九下・石部 4b）
案：此引釋義與今本不同，韻書所引是，《原本玉篇・石部》「磹　山栢反，說文猝
　　也，石墮聲也」〔註83〕，二徐本誤以二義為一義又改易其字。

磬　堅也，出說文（裴・入格）
毄　說文云堅也，加（唐・入陌）
　　磬　堅也，從石毄聲（九下・石部 4b）
案：兩韻書引《說文》釋義，《裴・入格》同今本，《唐・入陌》字頭誤作「毄」，《王・
　　入陌》「磬　堅」亦可證，釋義與今本同。

磨　莫箇反，礳，說文作礳，又莫波反，三（裴・去箇）
　　礳　石礳也，從石靡聲（九下・石部 5a）
案：「礳」從石磨聲，當為「礳」之俗寫誤體，《P2011・去箇》「磨　莫箇反，研，
　　亦作礳」可證。此引《說文》說解正字字形，段玉裁曰：「礳今字省作磨，引伸
　　之義為研磨，俗乃分別其音，石礳則去聲模臥切，研磨則平聲莫婆切」。

碏　說文云斫也，加（唐・入藥）
　　礜　斫也（九下・石部 5a）
案：字頭「碏」當作「礜」，《唐韻》原卷作「碏、敬也，又姓、衛大夫石碏，加也
　　著、又直略反，加　礜、說文云斫也，加」，字頭蓋涉上文而形誤，所引釋義與
　　今本全同。

〔註82〕《原本玉篇殘卷》頁 471。
〔註83〕《原本玉篇殘卷》頁 472。

礦　石，說文無石（P3696·去祭）

　　厲　旱石也，从厂薑省聲（九下·厂部 3b）

　　礪　礦也，从石厲聲，經典通用厲（九下·石部新附 5a）

案：此字今本《說文》未見，惟見於徐鉉新附，《S2055》則引《說文》說解字形。「說
　　文無石」表示《說文》其字本作「厲」，本義爲「旱石」，後引伸爲磨石，從石
　　之「礦」爲後人所加，《原本玉篇》「礦　說文爲厲字在厂部」、「厲　野王案：
　　今爲礦字在石部」〔註84〕。大徐謂「經典通用厲」，是經典正用其本字，「礦」
　　爲後增俗字可也，實不必新附。

而　如之反，十二，說文頬毛而也，周禮曰作其鱗之而，然作此而亦通俗也
　　（S2055·平之）

　　頬毛也，象毛之形，周禮曰作其鱗之而（九下·而部 5b）

案：此完整稱引《說文》釋義與引經，「頬毛而也」之「而」字涉下文衍，當從今本。

耏　多毛，今按說作爲而字，二同（S2055·平之）

耏　多毛，說文爲而，今用各別通俗作鬜（王·平之）

　　耏　罪不至髡也，从而从彡　耐、或从寸，諸法度字从寸（九下·而部
　　5b）

案：二韻書引《說文》說字形，其形「而」同今本。《S2055》「作」爲「文」之譌，
　　「耏」從而，引伸義爲「多毛」，故可通作「而」。

虡　按說文從虎征豸小聲，虎豸之鬭不相余之（S2055·平魚）

　　鬭相丮不解也，从豸虍，豸虍之鬭不解也，讀若蘮蒘草之蘮，司馬相如
　　說虡封豸之屬，一曰虎兩足舉（九下·豸部 6a）

案：此引《說文》釋形、釋義皆與今本異，待考。《廣·平魚》作「虡　獸名，說文
　　鬭相丮不解也，从豸虍，豸虍之鬭不相捨，司馬相如說虡封豸之屬，一曰虎兩足
　　舉，又音據」。《說文》「虡」字傳寫多有訛誤，「豸虍之鬭不解也」句，王筠以爲
　　「句蓋庾注」〔註85〕、錢坫《說文解字斠詮》曰：「《繫傳》、《五音韻譜》、《韻會》、
　　《廣韻》第二不解字並作不相捨」〔註86〕；「讀若蘮蒘草之蘮」句，王筠以爲「此

〔註84〕《原本玉篇殘卷》頁 477、464。

〔註85〕《句讀》卷18，頁 27。

〔註86〕《詁林》8～308 所引。

句當是後增」〔註 87〕、段玉裁以爲「蓋本無末二字，後人增之而誤也」。

[彖]　他乱反，二，說文作此（S6176・去翰）

彖　豕走也，从彑从豕省（九下・彑部 7a）

案：字頭「彖」原卷殘闕，今依《王・去翰》「彖　他亂反，彖象，二」、《裴・去翰》「彖　他乱反，〃象百鼠走，二」，當據補。《S6176・去翰》引「說文作此」文意未完，當有脫字。

䘚　豕屬也，出說文（P3696・去祭）

䘚　豕屬，出說文，加（唐・去祭）

豚屬，从豚衛聲，讀若罽（九下・豚部 7a）

案：兩韻書釋義與今本不同，「豕」爲「豚」之誤，《P2011・去祭》、《王・去祭》、《裴・去祭》三韻書之訓解俱作「豚屬」，當以今本爲正。

獽　似牛，領有肉，說文從豸，猛獸也（P2018・平冬）

貗　猛獸也，从豸庸聲（九下・豸部 7a）

案：「獽」爲「貗」之俗，「犬」、「豸」偏旁多混用，其例同下文「貀、�」、「貉、狢」諸字，此引釋形、釋義與今本同。

豽　獸名，似貍，女滑反，說文作貀（S2071・入黠）

豽　獸名，似貍蒼黑，無前足，善捕鼠，又作狘，說文女滑反，一（唐・入黠）

貀　獸無前足，从豸出聲，漢律能捕豺貀，購百錢（九下・豸部 7a）

案：「豽」爲「貀」之或體，《龍龕・豸部》「貀、或作　豽　今，女滑反，獸名，似貍也」。《S2071・入黠》引《說文》說字形與今本同；《唐・入黠》引《說文》反切舊音「說文女滑反」，大徐本亦作「女滑切」。

狢　說文作貈，又從各豸聲也（ДХ01372・入鐸）

狢　狐〃，說文貈，似狸善睡（裴・入鐸）

貈　似狐善睡獸，从豸舟聲，論語曰狐貈之厚以居（九下・豸部 7a）

案：「狢」爲「貉」之俗，「犬」、「豸」偏旁多混用，其例同「貀、狘」。二韻書於「狢」字下引《說文》「貈」字形、釋義與今本同，以明「貉」、「貈」二字之通用，惠

〔註 87〕同注 6。

棟《惠氏讀說文記》曰：「古貚與貉異文異音，俗廢貚作貉」〔註88〕。

狖　余救反，獸似猨，說文貁豸穴（裴・去宥）

　　貁　鼠屬，善旋，从豸穴聲（九下・豸部7b）

案：「狖」為「貁」之俗，「犬」、「豸」偏旁多混用，其例同「貐、猰」、「貉、狢」，此引字形、釋形與今本同。

豫　逸也、備也，亦獸名，說文云象屬，又姓、史記晉有豫讓，羊如反，十三加一（唐・去御）

　　象之大者，賈侍中說不害於物，从象予聲（九下・象部8a）

案：此引《說文》釋義與今本不同，疑《說文》一本如此作，桂馥《義證》曰：「《老子》豫兮若冬涉川，范應元注豫象屬，先事而疑，或借與字。〈曲禮〉定猶與也，正義云《說文》云猶獸玃屬，與亦是獸名，象屬」〔註89〕。

〔註88〕《詁林》8～344所引。

〔註89〕《義證》卷29，頁41。

第十上

馬　莫下反，按文有四點，象四足，三（S2071・上馬）

馬　說文云〻 四字四點，尚書中侯曰稷為大司〻 、舜為太尉，釋名曰大司
〻 武也、大惣武事也。又畜，春秋考異卸曰陰合於八□，合陽九〻 八
十一七為地、〻 生月精為馬，〻 數十二、故〻 十二月而生，人乘以理
天地，王者駕〻 、故其字從王以為〻 。亦姓，扶風人，本自伯益，趙
奢封〻 服君，後遂氏焉，秦滅趙，徙奢孫興於咸陽為右內史，遂為扶風
人令，有御史〻 光□〻 察。又漢複姓五氏，漢〻 宮本姓〻 □氏，功
臣表有〻 適育，溝洫志有諫議大夫乘〻 延年，何氏姓苑云今西陽人，
孔子弟子有巫〻 期也，莫下反（P2659・上馬）

　　馬　怒也、武也，象馬頭、髦、尾、四足之形（十上・馬部 1a）

案：馬之篆文作「𩡧」，象馬頭、髦、尾、四足之形，二韻書引「文有四點，象四足」、
　　「說文云〻 四字四點」，當為說解楷定後之字形，非《說文》原文如此。

駊　桃花馬色，說文從否（S2055・平脂）
　　駓　黃馬白毛也，从馬丕聲（十上・馬部 1b）

案：此引釋形而二徐本皆從「丕」不從「否」，惟王筠《句讀》以為本當從否作「駊」，
　　其說曰：「宋版〈魯頌〉釋文有駓、下云《字林》作駊，又任下云《說文》同、
　　《字林》作駓走也，然則本篆當作駊，說當作否聲，駓字則《字林》始收也，《玉
　　篇》則云駊同駓」〔註90〕。

驔　驔馬黃首，出說文（P3693・上忝）
　　驔馬黃脊，从馬覃聲，讀若簟（十上・馬部 1b）

案：此引釋義與今本不同，「首」為「脊」之形誤，當從今本，《王・上忝》「驔　馬
　　黃脊」可證。

駲　說文云馬步也（唐・入葉）
　　駲　馬步疾也，从馬耴聲（十上・馬部 2b）

案：此引《說文》釋義而脫一「疾」字，當以今本爲正，《裴・入葉》「騳　馬步疾也」可證。

騳　馬疾走，出說文（裴・平凡）
　　馬疾步也，从馬風聲（十上・馬部 2b）
案：此引《說文》釋義而改「步」作「走」，當以今本爲正。

驅　主遇反，又匡愚反，按說文作此歐，一（裴・去遇）
　　　驅　馬馳也，从馬區聲　歐、古文驅从攴（十上・馬部 2b）
案：「歐」爲「驅」之重文，此引《說文》說明重文字形，其形「歐」與今本同。

廌　作見反，ヽ舉也，說文宅買，解ヽ獸，似牛一角，為黃帝觸邪臣，三
　　（裴・去霽）
　　解廌獸也，似山牛一角，古者決訟令觸不直，象形，从豸省（十上・廌
　　部 3a）
案：「宅買」後當有「反」字，《廣・上蟹》「廌　解廌，宅買切」可證。此引《說文》
　　釋音釋義，釋音「宅買反」同大徐本；釋義「似牛一角」無「山」字，韻書所
　　引是，段玉裁曰：「各本皆作似山牛，今刪正，《玉篇》、《廣韻》及《太平御覽》
　　引皆無山也」。「爲黃帝觸邪臣」句當爲韻書注文，非《說文》原文如是。

法　方乏反，則也，說文作灋法，一（裴・入乏）
　　灋　刑也，平之如水，从水、廌所以觸不直者去之，从去　法、今文省
　　（十上・廌部 3b）
案：《說文》正篆作「灋」，「法」爲重文省體，此引《說文》字形說明正篆，「灋」
　　從水廌，爲「灋」之俗省，疑爲「灋」之誤。

麗　魯帝反□……說文從□……（P3696・去霽）
　　麗　旅行也，鹿之性見食急則必旅行，从鹿丽聲，禮麗皮納聘、蓋鹿皮
　　也（十上・鹿部 4a）
案：此引《說文》釋形，「說文從」以下殘闕。

兔　獸名，說文云咎兔菟之類，著一點者行書（唐・去暮）
　　獸名，象踞、後其尾形，兔頭與㲋頭同（十上・兔部 4b）
案：韻書「咎兔菟之類，著一點者行書」諸字今本無，疑此爲韻書說解字形之注文，

非《說文》原文如是，王國維云：「按此《說文》云下有奪字……此云著一點者行書亦誤」〔註91〕。

逸　失也、過也、縱也、奔也，說文從兔走，夷質反，七加一（唐・入質）
　　失也，从辵兔，兔謾訑善逃也（十上・兔部 4b）

案：此引「說文從兔走」釋形，「走」、「辵」形義俱近而誤，當從今本，《廣・入質》作「逸　過也、縱也、奔也，說文曰失也，从辵从兔，兔謾訑善逃也，夷質切，十二」。

猐　犬，今說文單作（S2055・平江）
　　尨　犬之多毛者，从犬从彡，詩曰無使尨也吠（十上・犬部 5a）

案：「猐」從犬尨聲，為「尨」之後起形聲，《玉篇・犬部》「猐、莫江切，犬多毛　尨、同上」，「說文單作」意指《說文》正字不從犬而單作「尨」。

獫　ヽ犾，說文又力險反（P3693・上琰）
　　長喙犬，一曰黑犬黃頭，从犬僉聲（十上・犬部 5a）

案：此引《說文》反切舊音，大徐本音「盧檢切」。

臭　說文云犬視，從目犬，亦獸名、猨類、脣厚而碧色（唐・入錫）
　　犬視皃，从犬目（十上・犬部 5a）

案：此引《說文》釋義而無「皃」字，疑韻書所引是，鈕樹玉《說文解字校錄》曰：「《一切經音義》卷十三引皃作也，《玉篇》注亦作也」〔註92〕。

獦　大鬥聲，出說文，加（唐・去線）
　　犬鬥聲，从犬番聲（十上・犬部 5a）

案：此引釋義與今本不同，「大」為「犬」之形誤，當從今本，《裴・去線》「獦　犬鬥聲」可證。

猎　犬食，出說文，亦作䑛，加（唐・入合）
　　猎　犬食也，从犬从舌，讀若比目魚鰈之鰈（十上・犬部 5b）

案：「猎」為「猎」之或體，朱駿聲《通訓定聲》曰：「按甜省聲，字亦作猎，蘇俗

〔註91〕《唐校》上，頁 12。
〔註92〕《說文解字校錄》卷十上，頁 17。

謂犬不吠而猝噬人曰冷猰狗」〔註93〕，韻書所引釋義與今本同。

坆　犬走皃，出說文（P3694・入末）

　　犮　走犬皃，从犬而少之也，其足則剌犮也（十上・犬部 5b）

案：《說文・土部》「坆　治也，一曰臿土謂之坆，詩曰武王載坆，一曰塵皃，从土犮聲」，字頭「坆」當爲「犮」之誤，《裴・入褐》「坆、壞　犮、犬走皃」可證，所引釋義與今本同。

獮　秋獵，┈┈文從┈┈（P3693・上獮）

　　獽　秋田也，从犬璽聲　祃、獽或从豕，宗廟之田也，故从豕示（十上・犬部 5b）

案：此引《說文》釋形，「說文從」以下殘闕。

獘　固，毗祭反，三加一，說文從大，或斃同（P3696・去祭）

　　獘　頓仆也，从犬敝聲，春秋傳曰與大犬獘　斃、獘或从死（十上・犬部 6a）

案：此引釋形「從大」，「大」爲「犬」之形譌；「斃」從死，爲「獘」之重文或體。

玃　大猨山，居縛反，四，說文云瞿是穀，從又者是大母猴，亦瞿從（ДX01372・入藥）

　　玃　母猴也，从犬矍聲，爾雅云矍父善顧攫持人也（十上・犬部 6a）

案：此引《說文》釋義釋形，「瞿是穀從又者」不可通，疑有訛誤；「大母猴」較今本多「大」字，韻書所引是，段玉裁改作「大母猴也」，沈濤《古本考》「濤案：《尒疋・釋獸》釋文、《廣韻》十八藥、《一切經音義》各卷，皆引作『大母猴也』，是古本有大字」〔註94〕，其說是。

狙　猨，按說文一曰狙犬暫齧人，一曰不潔人，又七鹿反也（S2055・平魚）

　　狙　玃屬，从犬且聲，一曰狙犬也暫齧人者，一曰犬不齧人也（十上・犬部 6a）

案：此引《說文》一曰義，「狙犬」後無「也」字，韻書所引是，段玉裁曰：「犬下各本有也字，今依李善〈劇秦美新〉注刪」，今得《S2055・平魚》所引，知唐

〔註93〕《通訓定聲》謙部第四，頁 35。
〔註94〕《古本考》卷 10 上，頁 20。

本《說文》無「也」字。又「潔」當爲「醬」字之誤。

鼫　ㄟ 鼠、螻蛄也，出說文，加（唐・入昔）
　　五技鼠也，能飛不能過屋，能緣不能窮木，能游不能渡谷，能穴不能掩身，能走不能先人，从鼠石聲（十上・鼠部 6b）
案：此引《說文》但明出處，小徐本「臣鍇曰：按古今注以爲今螻蛄也」。

鼢　鼠名，又音灼，出說文，加（唐・入錫）
　　胡地風鼠，从鼠勺聲（十上・鼠部 7a）
案：此引《說文》明出處，「鼢」爲胡地鼠，韻書以通名訓解專名，非原文如此。

鼲　鼬鼲，似猨、身白，出說文，加（ДХ01466・平模）
　　斬鼲鼠，黑身、白腰若帶，手有長白毛、似握版之狀，類蝯蜼之屬，从鼠胡聲（十上・鼠部 7a）
案：此引《說文》但明出處，「鼬鼲」一詞見《廣雅》。

煇　火兒，出說文，加（唐・入質）
　　煇爨、火兒也，从火畢聲（十上・火部 7b）
案：此節引《說文》釋義，當以今本爲正。

煦　溫也，說文無火，香句反，三（唐・去遇）
　　烝也，一曰赤兒，一曰溫潤也，从火昫聲（十上・火部 7b）
案：《說文・日部》「昫　日出溫也，从日句聲，北地有昫衍縣」。「煦」從火昫聲，爲「昫」之後起字，此引「說文無火」，知《說文》本當有「昫」無「煦」，沈濤《古本考》云：「昫、煦本一字，許書並不分別部居，六朝本皆如此……後人不明古義，妄相區別，以昫爲日溫，煦爲火蒸，相沿既久，遂竄易許書之舊」〔註95〕，其說可從。

炭　他半反，三，說文從火屵聲（S6176・去翰）
　　燒木餘也，从火岸省聲（十上・火部 8a）
案：此引釋音與今本不同，惟小徐本作「炭　燒木未灰也，从火屵聲」，與韻書所引同，疑《說文》一本作「從火屵聲」。

〔註95〕《古本考》卷 10 上，頁 27。

爛　盧旦反，火孰，說文上有草，或從間，七（裴·去翰）
　　爤　孰也，从火蘭聲　爤、或從閒〔註96〕（十上·火部 8b）
案：《說文》原作「爤」，今則多省作「爛」，此引「上有草」說解字形作「爤」；又
　　「間」爲「閒」之形誤，《說文》重文作「爛」。

尉　說文從上案下，從尺二寸（裴·去未）
　　尉　从上案下也，从㞊又持火，以尉申繒也（十上·火部 8b）
案：此引《說文》釋義、釋形，「從尺二寸」與今本說解不同，「尉」隸變從寸，此
　　就隸變立說，乃後人之言，非《說文》原文如此。

爟　烽火，說文或從亘（S6176·去翰）
　　爟　取火於日官名，舉火曰爟，周禮曰司爟掌行火之政令，从火雚聲
　　烜、或從亘〔註97〕（十上·火部 9a）
案：此引「或從亘」說解重文字形，其形「烜」與今本重文同。

烽　火，按說文作此燧（S2055·平鍾）
　　燧　燧侯表也，邊有警則舉火，从火逢聲〔註98〕（十上·火部 9a）
案：「烽」從火逢省聲，爲「燧」之後起俗字，《龍龕·火部》「烽、或作　燧　正」，
　　此引《說文》字形「燧」與今本同。

燐　鬼火，說文單作（S6176·去震）
　　粦　兵死及牛馬之血爲粦，粦鬼火也，从炎舛（十上·炎部 9b）
案：「燐」從火粦聲，爲「粦」之後起形聲字，《玉篇·火部》「燐　力刃切，鬼火，
　　亦作粦」，「說文單作」意指《說文》正字不從火而單作「粦」。

黗　莫黗，縣名，在五原。說文云色白而黑（唐·入曷）
　　白而有黑也，从黑且聲，五原有莫黗縣（十上·黑部 10a）
案：此引釋義多一「色」字，疑韻書所引爲是，《詁林》「雲青案：唐寫本《唐韻》
　　十二曷黗注引『說文色白而黑也』，蓋古本如是，今二徐本奪色字」〔註99〕，
　　其說可參。

〔註96〕大徐本「閒」作「簡」，字形之誤，今依小徐本、段注本改。
〔註97〕大徐本「周」作「問」，誤，今依小徐本、段注本改。
〔註98〕大徐本「燧」作「隧」，字形之誤，今依小徐本、段注本改。
〔註99〕《詁林》8～857所引。

黛　眉黛，說文作黱（唐・去代）

　　黱　畫眉也，从黑朕聲（十上・黑部 10a）

案：「黛」從黑代聲，爲「黱」之後起形聲，《玉篇・黑部》「黱、徒載切，畫眉黑也，深青也　黛、同上」，此引《說文》字形「黱」與今本同。

黢　羊裘之縫，出說文，加（唐・入屋）

　　羔文之縫，从黑或聲（十上・黑部 10a）

案：此引釋義與今本不同，韻書所引是，「羊」爲「羔」之形誤，《裴・入屋》「黢　羔裘之縫」、《廣・入屋》「黢　羔裘之縫」皆可證，小徐本亦作「羔裘之縫」。

第十下

窓　楚江反，二加一，按說文作此囱，又从穴作此窗（S2055・平江）
　　囱　在牆曰牖，在屋曰囱，象形　窗、或從穴　囪、古文（十下・囱部
　　1a）

案：「窓」爲「窗」之俗，此引《說文》字形明正字與其重文，其形「囱」、「窗」皆
　　同今本。

赤　說文從大火作炗，日色也（裴・入昔）
　　炗　南方色也，从大从火（十下・赤部 1b）

案：「赤」爲「炗」之隸變，此引《說文》字形作「炗」與今本同，「日色」爲韻書
　　注文，非《說文》原文如是。

獃　大也，出說文（P3694・入物）
尵　大也，出說文，加（唐・入物）
　　奰　大也，从大弗聲，讀若子違汝弼（十下・大部）

案：「獃」、「尵」皆爲「奰」之異體，字本作「奰」，後改易部件位置作「獃」，又譌
　　作「尵」，所引釋義與今本同。

夷　按說文從弓聲，作此夷，上亦通（S2055・平脂）
　　夷　平也，从大从弓，東方之人也 [註100]（十下・大部 2a）

案：此引「從弓聲」與今本會意不同。考《廣韻》「夷　旨夷切」照母脂韻，照母古
　　歸端母；「弓，居戎切」見母東韻，古韻依段玉裁十七部表，夷爲第十五部，弓
　　爲第九部，二者聲韻絕遠，「弓」非聲，「聲」字當誤。又「作此夷」其形與今
　　本同。

夾　盜竊懷物也，字從兩入，弘農陜字從此，從二人者夾字，古洽反，並出
　　說文，加（唐・入昔）
　　夾　盜竊褱物也，从亦有所持，俗謂蔽人俾夾是也，弘農陜字从此（十
　　下・亦部 2a）

〔註100〕大徐本也下衍「聲」字，誤，今依小徐本、段注本刪。

夾　持也，从大俠二人（十下・大部 1b）

案：「夾」即「夾」之俗寫，本從大，後拉直末筆作「夾」。「夾」、「夾」二字形近而
　　義有別，此引《說文》分辨「夾」、「夾」二字字形。

奊　丶奊、多節目，練結反，案文從吉作此奊（S2071・入屑）
　　奊　頭傾也，从大吉聲，讀若子（十下・矢部 2a）

案：「奊」為「奊」之俗寫，此引「文從吉作此奊」，其形同今本。

幸　寵，胡耿反，二，說文吉，古晃反（P3693・上耿）
　　吉而免凶也，从屰从夭，夭死之事，故死謂之不幸（十下・夭部 2b）

案：此節引《說文》釋義，當以今本為正。

睪　伺視，說文 吏 持日捕丶（P2015・入葉）
睪　司視也，說文云吏持目捕睪（唐・入葉）
　　司視也，从橫目从幸，令吏將目捕罪人也（十下・幸部 3a）

案：兩韻書引《說文》釋義，《P2015》「日」為「目」之形誤，韻書皆引為「持目捕
　　睪」，疑《說文》古本如此。

介　大，說文作夰（P3696・去怪）
介　大也、獨也、善也，俗分隔也，說文夰（裴・去界）
　　夰　放也，从大而八分也（十下・夰部 4a）

案：此引《說文》說解字形，但誤「介」、「夰」為一字。考《說文・八部》「介　畫
　　也，从八从人，人各有介」音古拜切，古韻在段玉裁第十五部；音古老切，古
　　韻在段氏第二部，雙聲韻遠而義各有別。又《王・上晧》「夰　放又胡老反」，
　　知韻書「介」、「夰」亦別為二字，《裴・去界》、《P3696・去怪》引《說文》之
　　說非是。

昊　說文從夰，夏天（P3693・上晧）
夰　放也，說文昊天從夰，從夭者非（P3693・上晧）
　　昦　春為昦天，元气昦昦，从日夰、夰亦聲（十下・夰部 4a）

案：「昊」為「昦」之俗體，今多用「昊」字，二韻書引「從夰」，其說與今本同。

奘　大駔，出說文（唐・去宕）
　　駔大也，从大从壯、壯亦聲（十下・大部 4a）

案：此引《說文》釋義，「駔」、「大」二字互倒，當以今本爲正。

靖　出說文，新加，三（S2071・上靜）

顖　腦會，說文作恖（S6176・去震）

　　囟　頭會匘蓋也，象形（十下・囟部 5a）

案：「恖」爲「囟」之誤，《王・去震》「顖　腦會，亦作囟」可證，此字頭用俗字而引《說文》字形，其形與今本同。

憲　法，說文作憲，从手目害省（S6176・去顖）

　　憲　敏也，从心从目害省聲（十下・心部 5b）

案：此引《說文》字形「憲」與今本同，釋形「手」則爲「心」之誤。

愙　苦各反，一，說文從容也（Д Х01372・入鐸）

　　愙　敬也，从心客聲，春秋傳曰以陳備三愙（十下・心部 6a）

案：「愙」爲「愙」之俗體，大徐本「臣鉉等曰：今俗作恪」，此引《說文》說解字形，「容」爲「客」之形誤。

憧　戀丶，說文音洞，意不定（裴・去絳）

　　意不定也，从心童聲（十下・心部 7b）

案：此引釋義與今本同，又以「說文音洞」直音之方式釋音，大徐本音「尺容切」。

憊　病，蒲界反，二，說文作僃（P3696・去怪）

　　憊　憊也，从心葡聲　癗、或从广（十下・心部 9a）

案：「憊」爲「憊」之或體，此當引《說文》說解字形，《王・去怪》作「憊　蒲界反，疲，亦作癗，四」，《P3696》所引「僃」爲「備」之俗體，韻書爲後人改動。

第十一上

沮 水名，在北地，又慈与，說文沮出漢中，此瀘出北地，並水名（S2055・平魚）

沮 水出漢中房陵，東入江，从水且聲（十一上・水部 1b）

瀘 水出北地直路西，東入洛，从水盧聲（十一上・水部 3b）

案：此於「沮」下同時引「沮」、「瀘」二字釋義，惟皆爲節引，當從今本。

洃 水出□□，出說文（P3696・去霽）

水出汝南新郪、入潁，从水囱聲（十一上・水部 2b）

案：此節引《說文》釋義，□□當是「汝南」二字，《裴・去霽》「洃 水名，出汝南」可證。

漯 水名，在平原，說文作濕（裴・入沓）

濕 水出東郡東武陽入海，从水㬎聲，桑欽云出平原高唐（十一上・水部 3b）

案：「漯」、「濕」皆爲「濕」之或體，張參《五經文字・水部》云：「濕濕 他帀反，上說文下經典相承隸省，兗州水名，經典相承以爲燥濕之濕，別以漯爲此字」〔註101〕，此引《說文》字形「濕」當作「濕」，韻書爲後人改動。

漅 水名，按說文作此潐（P3693・上筱）

潐 水也，从水焦聲，讀若瑣（十一上・水部 4a）

案：「漅」爲「潐」之或體，後借爲湖泊名，此引《說文》正字字形與今本同。

泽 水不遵其道，一曰泽下也，出說文（S2055・平東）

泽 水不遵其道降下，出說文，又戶冬反（裴・平東）

泽 水不依故道，說文河道也（P2018・平冬）

水不遵道，一曰下也，从水夆聲（十一上・水部 4a）

案：三韻書同引《說文》釋義，以《S2055・平東》所引最爲完整，小徐本「泽 水不遵其道也，从水夆聲，一曰泽下也」與此韻書同，是知今本「遵」下脫「其」

字、「曰」下脫「𝄐」字，當據補。又《P2018・平冬》引「說文河道也」與今本不同，當爲韻書引文之櫽括。

濬　說文水行地中濬丶丶（S6176・去震）
　　水脈行地中湧濬也，從水㪟聲（十一上・水部 4a）

案：此引《說文》釋義而脫一「脈」字，當從今本，而「濬丶丶」與今本不同，當以韻書爲是，小徐本作「濬　水脈行地中濬濬也，從水㪟聲」，與韻書合。

㵸　水流，說文無耳（P3694・入末）
　　㳚　水流聲，從水昏聲　㵸、㳚或從　（十一上・水部 4b）

案：「㵸」爲「㳚」之重文或體，此引《說文》說解正篆字形，其形「㳚」與今本同。

況　匹擬，說文石經皆從水，又姓、何氏姓苑云盧江人，許訪反，四加一（唐・去漾）

況　寒水，出說文，加（唐・去漾）
　　況　寒水也，從水兄聲（十一上・水部 4b）

案：「況」從「冫」而爲「況」之俗寫訛體，張參《五經文字》云：「況　形之類也，從冫訛」〔註102〕。《唐韻》以「況」、「況」爲二字，疑二字注文互倒。

洞　穴，又洞庭，徒弄反，十，說文疾流（P3696・去送）

洞　徒弄反，穴，又洞庭，說文病流，九（裴・去凍）
　　疾流也，從水同聲（十二上・門部 5a）

案：二韻書引《說文》釋義，《P3696》引同今本；《裴韻》「病」爲「疾」之誤。

渻　減也，一曰水，一曰水出前爲渻，出說文（P3693・上靜）
　　少減也，一曰水門，又水出丘前謂之渻丘，從水省聲（十一上・水部 5b）

案：此引《說文》釋義而有所省略，當以今本爲正。

決　丶丶絕，說文流行也，又水名出大別山，從冫非（裴・入屑）
　　行流也，從水從夬，盧江有決水，出於大別山（十一上・水部 6b）

案：此引《說文》釋義，「流行」爲「行流」之誤倒；又「水名出大別山」無「於」字，韻書所引是，嚴可均《說文校議》曰：「小徐、《韵會》九屑引作夬聲，無

〔註102〕同注 1。

於字」〔註103〕，段注本同。

瀄　水名，說增水邊土人所止者，夏書曰過三瀄（P3696・去祭）

瀄　水名，三ㄟ，說文埤水邊土人所止（裴・去祭）

　　埤增水邊土人所止者，从水筮聲，夏書曰過三瀄（十一上・水部 6b）

案：二韻書皆引《說文》釋義而脫字，皆當以今本爲正，《P3696・去祭》所引較完整而脫「埤」字；《裴・去祭》脫「增」、「者」字。

橫　小津，一曰舩渡，出說文（唐・去敬）

　　水津也，从水橫聲，一曰以船渡也（十一上・水部 6b）

案：此引釋義與今本不同，考《篆隸萬象名義・水部》「橫　胡孟反，舩疾、筏、小津」〔註104〕、小徐本「橫　小津，从水橫聲，一曰以船渡也」皆與韻書同作「小津」，段玉裁曰：「謂渡之小者也，非地大人眾之所，小一作水，非」，故韻書所引是。「舩」同「船」，見《廣韻》。

濿　渡水，說文又作砅（P3696・去祭）

　　砅　履石渡水也，从水从石，詩曰深則砅　濿、砅或从厲（十一上・水部 7a）

案：「濿」爲「砅」之重文或體，此引《說文》明正篆字形，其形「砅」與今本同。

浥　雨皃，出說文，加（唐・入緝）

　　雨下也，从水邑聲，一曰沸浦皃（十一上・水部 7a）

案：此引釋義與今本不同，考《篆隸萬象名義・水部》「浥　子立反，沸、雨下皃」〔註105〕、《原本玉篇・水部》「浥　子立反，說文雨下皃也，一曰沸也」〔註106〕，是知古本《說文》當作「雨下皃也」，韻書引脫「下」字，而大徐本「一曰沸浦皃」之「皃」字，當移至「下」字之後。

竭　說文作渴（S2071・入薛）

竭　說文作渴，盡（王・入薛）

竭　盡也，說文作渴（唐・入薛）

〔註103〕《說文校議》11 上，頁 12。

〔註104〕《篆隸萬象名義》頁 191。

〔註105〕同注 4。

〔註106〕《原本玉篇殘卷》頁 357。

渴　水盡，出埤蒼及說文，加（唐・入薛）

渴　盡也，从水曷聲（十一上・水部 7b）

案：《說文・立部》「竭　負舉也，从立曷聲」，「竭」、「渴」二字《說文》有別，韻書於「竭」下引「說文作渴」，明二字之通假，承培元《廣說文答問疏證》曰：「竭負舉也，爲標起之皃……今隸書用揭爲竭、用竭爲渴、用渴爲澈，皆非古義」〔註107〕，其說可參。又《唐・入薛》「渴」字引釋義與今本不同，今本《說文》爲是，《裴・入褐》「渴　苦割反，盡也，三」可證。

溲　ヽヽ麵，踈有反，一，說文從此夋（P3693・上有）

浚　浸沃也，从水夋聲（十一上・水部 8a）

案：「叟」字篆形作「叟」，或又隸定作「夋」，「嫂」、「搜」字俱仿此，韻書引「說文從此夋」，可明**浚**字篆、隸之別。

洫　深ヽ，說文海岱之間人相汙曰洫（P2014・平鹽）

海岱之間謂相汙曰洫，从水閣聲（十一上・水部 9a）

案：此引《說文》釋義而「謂」誤作「人」，當以今本爲正。

汗　熱一，說文云身之液（TⅡD1・去翰）

人液也，从水干聲（十一上・水部 9a）

案：此引釋義與今本不同，韻書所引是。考《太平御覽・人事部第28》「汗　說文曰身液也」〔註108〕，桂馥《義證》云：「人液也者，《御覽》引作『身液也』，馥案：洟爲鼻液、唾爲口液，則汗爲身液也」〔註109〕，其說可從，今得《TⅡD1・去翰》所引，知唐本《說文》作「身液」。

泮　宮，說[文]……侯鄉射[　]……（S6176・去翰）

諸侯鄉射之宮，西南爲水、東北爲牆，从水从半、半亦聲（十一上・水部 9b）

案：此引《說文》釋義而有殘闕，《集・去換》作「泮頻　說文諸侯鄉射之宮，西南爲水、東北爲牆」，可據補。

〔註107〕《詁林》8～1073 所引。
〔註108〕《太平御覽》卷 387，頁 1。
〔註109〕《義證》卷 35，頁 26。

第十一下

畎　田上梁，一曰引水，古泫反，三，說文作此𤰝，二同（P3693・上𨨏）
　　く　水小流也，周禮匠人為溝洫，耜廣五十，二耜為耦，一耦之伐，廣
　　尺深尺謂之く，倍く謂之遂，倍遂曰溝，倍溝曰洫，倍洫曰巜　𤰝、古
　　文く从田从川　畎、篆文く从田犬聲（十一下・く部 1a）

案：「畎」、「𤰝」皆為「く」之重文，「畎」為篆文、「𤰝」為古文，此引《說文》明
　　重文字形，其形「𤰝」同今本。

派　分流，疋卦反，二，說文從反水，又按單作𠂢亦同，加，一（P3696・去
　　卦）
　　𠂢　水之𠂢流別也，从反永，凡𠂢之屬皆从𠂢，讀若稗縣（十一下・𠂢部
　　2b）

案：《說文・水部》「派　別水也，从水从𠂢、𠂢亦聲」，「派」、「𠂢」別為二字，此
　　引「說文從反水」及注文「單作𠂢亦同」，知「派」為後人所增形聲，本當只作
　　「𠂢」。段玉裁曰：「眾經音義兩引『《說文》𠂢水之衺流別也』以釋派，《韵會》
　　曰派本作𠂢从反永，引鍇云『今人又增水作派』，據此則《說文》有𠂢無派，今
　　鍇鉉本水部派字當刪」，其說可從。

覓　說文云覛，莫歷反，十加二（唐・入錫）
眽　亦作覛，視眽，說文覛云斜視也，加（唐・入麥）
　　覛　衺視也，从𠂢从見（十一下・𠂢部 2b）

案：「覓」為「覛」之俗字，段玉裁曰：「俗有尋覓字，此篆之譌體」；「眽」通「眽」、
　　亦為「覛」之異體，此字頭用俗體而引《說文》明正字字形，其形「覛」與今
　　本同。

汳　說文云寒水，加（唐・入月）
　　冹　一之曰滭冹，从冫友聲（十一下・冫部 3a）

案：「汳」為「冹」之形誤，《說文》水部無「汳」字，此引釋義與今本不同，亦不
　　見於各字書、韻書，《玉篇・冫部》作「冹　方勿反，寒冰皃」。

霅　說文雷震皃，又蘇合、胡甲、杜甲三反，加（唐・入葉）

雹雹、震電兒，一曰眾言也，从雨畾省聲（十一下‧雨部 3b）

案：此節引《說文》釋義而「電」誤作「雷」，當以今本爲正。

雺　雨雺，出說文（ДХ01372‧入鐸）

雺　說文云□雺，加（唐‧入鐸）

雨零也，从雨各聲（十一下‧雨部 3b）

案：《ДХ01372‧入鐸》所引釋義與今本不同，韻書所引爲是，《玉篇‧雨部》「雺　力各切，雨雺」、《廣‧入鐸》「雺　說文云雨雺也」皆可證。又《唐‧入鐸》闕字處據《廣韻》、《ДХ01372》號判斷應是「雨」字。

鮞　魚子，說文魚之美者有東海之鮞也（S2055‧平之）

魚子也，一曰魚之美者東海之鮞，从魚而聲，讀若而（十一下‧魚部 4b）

案：此引《說文》一曰義，惟多「有」、「也」二字，韻書所引爲是，小徐本作「鮞　魚子也，一曰魚之美者有東海之鮞，從魚而聲，讀若而」，今得《S2055‧平之》所引，知二徐本皆有刪改。

鰈　比目魚別名，案文作魼（S2071‧入盍）

魼　魚也，从魚去聲（十一下‧魚部 4b）

案：《說文》無「鰈」字，而見於魚部新附：「鰈　比目魚也，从魚葉聲」，《玉篇‧魚部》作「魼、丘於切，魚也，亦作鰈，又它臘切　鰈、它臘切，比目魚　魶、同上」〔註110〕，「魼」、「鰈」皆爲魚名而有別，韻書編者誤混淆之。

鮨　鮓，說文魚指醬，一曰魚名（S2055‧平脂）

鮨　鮓ヽ，案說文魚鮨醬，一曰魚名，見山海經（裴‧平脂）

魚膅醬也，出蜀中，从魚旨聲，一曰鮪魚名（十一下‧魚部 6a）

案：此引釋義與今本不同，疑韻書所引爲是，《說文》本當作「魚鮨醬也，出蜀中，从魚旨聲，一曰魚名」，今本爲後人所增改。

鮑　薄巧反，一，說文饐魚（P3693‧上巧）

饐魚也，从魚包聲（十一下‧魚部 6a）

案：此引釋義與今本不同，戴侗《六書故》「鮑　唐本作饐魚也」，今得《P3693‧上巧》所引，可與戴侗《六書故》所引唐本《說文》相印證。

〔註110〕《大廣益會玉篇》卷24。

鮖　□蟲鮖，說文……隩為……（P3693・上耿）
　　蚌也，从魚丙聲（十一下・魚部 6a）
案：此引「說文」以下殘闕，已不可判讀。

鮚　說文云蚌也，漢律會稽郡獻鮚醬二升，又渠秩反也，加（唐・入質）
　　蚌也，从魚吉聲，漢律會稽郡獻鮚醬（十一下・魚部 6a）
案：此引釋義與今本不同，大徐本脫「二升」二字，當據韻書補，《原本玉篇・魚部》
　　「鮚　說文鮚蚌也，漢律會稽郡獻鮚醬二升」〔註111〕、《P2011・入質》「鮚　會
　　稽獻鮚醬二升」皆可證，惟小徐本作「鮚　蚌也，從魚吉聲，漢律會稽郡獻鮚
　　醬三斗」，段玉裁以爲當作「二斗」，「升」與「斗」寫本字形極爲相似，未知孰
　　是。

鮮　生魚，按文為鱻（S2071・平仙）
　　鮮　魚名，出貉國，从魚羴省聲（十一下・魚部 5b）
　　鱻　新魚精也，从三魚，不變魚（十一下・魚部 6a）
案：「鮮」、「鱻」反切同音，《說文》二字義各有別，此引《說文》明「鮮」、「鱻」
　　之假借，小徐本「臣鍇曰：古以此字音尟借爲眇少，今人用爲鱻」，段玉裁云：
　　「凡鮮明鮮新字皆當作鱻，自漢人始以鮮代鱻，如《周禮》經作鱻注作鮮是其
　　證」。

燕　乙鳥，或作鷰，案說文燕會燕子字普單作，後加言加鳥通（P2011・去霰）
　　燕　玄鳥也，籋口、布翅、枝尾，象形，凡燕之屬皆从燕（十一下・燕部
　　6b）
案：「普」爲「並」之譌，此引《說文》明「燕」字使用情形，「燕」本鳥名、後假
　　爲宴享字，而後又造「讌」以爲宴享之字、造「鷰」以爲鳥名之字以區別之。

卂　疾飛而不見，出說文（S6176・去震）
　　疾飛也，从飛而羽不見，凡卂之屬皆从卂（十一下・卂部 7a）
案：此引《說文》而隱括其釋形、釋義之文，當以今本爲正。

〔註111〕《原本玉篇殘卷》頁 120。

第十二上

鋦 門樞櫨，又音餙，出文，加（唐・去線）

門樞櫨也，从門弁聲（十二上・門部 2b）

案：此引釋義與今本不同，當以今本爲正。考「櫨」爲蔓草名，見《廣・平魚》，《說文・木部》「櫨　柱上枅也」、「枅　屋櫨也」，「櫨」字方與屋宅相關，故王國維云：「櫨當作櫨」〔註112〕。又依韻書訓解文例，「文」前疑脫一「說」字。

閞 門扉，出說文，加（唐・去怪）

門扉也，从門介聲（十二上・門部 2b）

案：此引釋義作「門扉」與今本不同，韻書所引是，小徐本作「閞　門扉，從門介聲」與韻書同，《詁林》「雲青案：唐寫本《唐韻》十六怪閞注引『說文門扉也』與小徐本合，大徐本扉誤作扇，宜據改」〔註113〕，其說可從。

闓 門，出說文（唐・去代）

開也，从門豈聲（十二上・門部 3a）

案：此引釋義與今本不同，「門」爲「開」之誤寫，《集・去代》「闓　開也」可證，當以今本爲正。

閌 門頭也，出說文，加（唐・去漾）

閌 門嚮也，从門鄉聲〔註114〕（十二上・門部 3a）

案：此引釋義與今本不同，當以今本爲正，《玉篇・門部》「閌　許尚切，門頭也，說文門嚮」〔註115〕，韻書所引蓋涉《玉篇》而誤。

閡 外閉，說文下代反（裴・去代）

外閉也，从門亥聲（十二上・門部 3a）

案：此引《說文》反切舊音，大徐本作「五溉反」。

閣 宮官，說文豎宮，有濤淒淒（P3693・上琰）

〔註112〕《唐校》上，頁54。

〔註113〕《詁林》9～1014。

〔註114〕大徐本「鄉」作「邦」，形近而誤，今依小徐本、孫星衍刻本改。

〔註115〕《大廣益會玉篇》卷11。

閽　宮官，說文豎也，宮中丶丶 闇丶丶 閇門者（裴・上广）

　　豎也，宮中闇闇閉門者，从門奄聲（十二上・門部 3a）

案：二韻書引《說文》釋義。《P3693》「豎宮」爲櫽括，「有渻淒淒」爲下「渻」字
　　注文，《裴・上广》「閽、宮官，說文豎也，宮中丶丶 闇丶丶 閇門者 渻、雲雨兒，
　　詩云有渻淒丶」可證。《裴・上广》作「丶丶 閇」，衍一「闇」字，又俗誤「閉」
　　爲「閇」，皆當以今本爲正。

耿　古幸反，二，說文 耳……耿光從火聖省…… （P3693・上耿）

　　耿　耳箸頰也，从耳烓省聲，杜林說耿光也，从光聖省，凡字皆左形右
　　聲，杜林非也（十二上・耳部 4a）

案：此稱引《說文》全文而有殘闕，所引杜林說「從火聖」今本作「從光」，《韻會》
　　所引亦作「從火」，疑《說文》一本如此作。

頤　篆文從貞，籀文作䫶，說文作臣，頷也，象形（S2055・平之）

　　臣　顄也，象形　頤、篆文臣　䫶、籀文从首（十二上・㗊部 4b）

案：「頤」爲「臣」之重文，此完整稱引《說文》而有誤字，「貞」爲「頁」之誤、「頷」
　　爲「顄」之誤。韻書訓解說明篆文、籀文字形處，亦本之《說文》。

揲　數，又尸列反，按文思頰反，閱持（S2071・入薛）

　　閱持也，从手枼聲（十二上・手部 5a）

案：此引《說文》反切舊音，大徐本作「今折切」，引釋義則同今本。

摕　說文云輒取也，加（唐・去霽）

　　撮取也，从手帶聲，讀若詩曰蟁蝱在東（十二上・手部 5b）

案：此引釋義「輒」爲「撮」之形誤，當以今本爲正。

掩　說文目開已東謂取為掩，一曰覆也，與掩略同（P3693・上琰）

　　自關以東取曰掩，一曰覆也，从手弇聲（十二上・手部 5b）

案：此引釋義多有誤字，「目」爲「自」之形誤、「開」爲「關」之誤、「已」爲「以」
　　之誤，皆當以今本爲正。

擾　而沼反，三，按說文作此擾（P3693・上小）

　　擾　煩也，从手夒聲（十二上・手部 6a）

案：「擾」爲「擾」字之隸變，《五經文字・手部》「擾擾　如沼反，上說文，下經典

相承隸省」〔註116〕可證，此引字形「擾」誤同於字頭，《廣‧上小》作「擾、亂也、順也，說文作擾、煩也，而沼切，七 擾、上同」，據此《P3693‧上小》本當作「說文作此擾」以明正篆。

搴　取，說文作此攓二同，又作攓同（P3693‧上獮）
　　攓　拔取也，南楚語，从手寒聲，楚詞曰朝攓批之木蘭（十二上‧手部 7a）
案：「搴」、「攓」皆為「攓」之異體，朱珔《說文假借義證》云：「《莊子‧至樂篇》攓蓬而取之，司馬注攓拔也，是攓即攓之或體……今字作搴、省也」〔註117〕，此引《說文》明正篆字形，其形「攓」同今本。

撝　謙，按說文裂也，一曰手指撝（S2055‧平支）
撝　謙，按說文裂也，一曰手指（裴‧平支）
　　裂也，从手為聲，一曰手指也（十二上‧手部 7b）
案：二韻書引《說文》釋義，小徐本作「撝　裂也，從手爲聲，一曰手指撝」，《S2055‧平支》同小徐本，《裴‧平支》則同大徐本，疑唐時《說文》傳本已非一。

摑　推也，出說文（P3694‧入沒）
摑　手推，出說文，加（唐‧入沒）
　　手推之也，从手囷聲（十二上‧手部 7b）
案：二韻書引《說文》釋義而各有脫字，《P3694‧入沒》脫「手」、「之」字，《唐‧入沒》脫「之」、「也」二字，皆當以今本為正。

〔註116〕《五經文字》卷上。
〔註117〕《詁林》9〜1309 所引。

第十二下

媼　母，說文老女稱（P3693・上晧）
　　媼　女老偁也，从女𥁕聲，讀若奧（十二下・女部 1b）
案：字頭「媼」當爲「媼」字之誤，《王・上晧》「媼　母」可證。所引釋義「女」、
　　「老」二字誤倒，當從今本爲正。

佼　女字，說文作此姣，好也（P3693・上巧）
　　姣　好也，从女交聲（十二下・女部 2b）
案：《說文・人部》「佼　交也，从人从交」，「佼」、「姣」二字分別，此於「佼」下
　　引「姣」字形、釋義，以明二字之假借，段玉裁於「姣」字注曰：「按古多借佼
　　爲姣，如〈月令〉養狀佼、〈陳風・澤陂〉箋佼大，皆姣字也」。

𡡜　美好，說文作嫡（P3693・上獮）
　　嫡　順也，从女裔聲，詩曰婉兮嫡兮　𡡜、籀文嫡（十二下・女部 2b）
案：「𡡜」爲「嫡」之重文籀文，此引《說文》明正篆字形，其形「嫡」與今本同。

妗　火尖反，㛼妗也，一曰善美，新加、出說文，更毛也（P2011・平鹽）
　　　妗也，一曰善笑兒，从女今聲（十二下・女部 2b）
案：此引釋義與今本不同，《玉篇・女部》作「妗　許兼切，㛼妗，美笑兒」〔註118〕，
　　韻書所引疑涉《玉篇》而誤。

怡　按說文又有此嬰，悅樂也（S2055・平之）
　　嬰　說樂也，从女配聲（十二下・女部 3a）
案：《說文・心部》「怡　和也，从心台聲」，「怡」、「嬰」二字分別，此於「怡」字
　　下引「嬰」字形、釋義，以明二字之通用，錢坫《說文解字斠詮》曰：「嬰　即
　　今怡字，方言怡喜也，獲曰配已，配即嬰、亦即怡同」〔註119〕。

嬐　嬐然齊，按說文……（P3693・上琰）
　　嬐　敏疾也，一曰莊敬兒，从女僉聲（十二下・女部 3a）

〔註118〕《大廣益會玉篇》卷 3。
〔註119〕《詁林》10～136 所引。

案：此引「說文」以後殘闕不可考。

婑　說文耦（裴・去宥）
婑　說文云遇也（唐・去宥）
　　耦也，从女有聲，讀若祐（十二下・女部 3a）
案：兩韻書皆引《說文》釋義，《裴・去宥》引與今本同；《唐・去宥》「遇」爲「耦」之形誤，當正。

嫐　三反，說文美（S6176・去翰）
嫐　詩傳云三女爲嫐，說文云美好兒（唐・去翰）
　　姦　三女爲姦，姦、美也，从女奻省聲（十二下・女部 3b）
案：兩韻書引《說文》釋義，《S6176・去翰》「反」當作「女」，所引釋義同今本；《唐・去翰》「美好兒」爲韻書編者所增益，非《說文》原文如是。

嫋　埤蒼曰顓頊妻名，說文云隨也，史記云毛遂入楚，謂平原君詩舍人曰：公等嫋嫋，可謂因人成事耳，又方玉反，加也（唐・入屋）
　　隨從也，从女彔聲（十二下・女部 3b）
案：此引釋義而脫一「從」字，當以今本爲正。

妬　當故反，嫉也，按說文婦妬夫，從女戶，俗從石通（裴・去暮）
　　妒　婦妒夫也，从女戶聲（十二下・女部 3b）
案：「妬」爲「妒」之後起俗字，段玉裁改正篆爲「妬」、非是。韻書曰：「說文婦妬夫，從女戶，俗從石通」，知《說文》原當作從「戶」作「妒」、俗從「石」，邵瑛《說文解字群經正字》曰：「今經典作妬，見詩〈樛木〉、〈螽斯〉、〈桃夭〉、〈小星〉序及箋，作妒爲正，《玉篇》、《廣韻》謂妬與妒同，此俗誤之始，《五經文字》直作妬，反以作妒爲非，失之甚矣」〔註120〕，其說可參。

媢　說文夫媢婦（S6176・去号）
媢　夫妒婦，出說文（唐・去号）
　　夫妒婦也，从女冒聲，一曰相視也（十二下・女部 3b）
案：此引釋義與今本不同，當以今本爲是，字本當作「妒」，俗寫作「妬」，「媢」又爲「媢」之形誤。

〔註120〕《詁林》10～179 所引。

嬗　之善反，一，好善格人語也，說文（P3693・上獮）
　　好枝格人語也，一曰靳也，从女善聲（十二下・女部 4a）
案：此引釋義與今本不同，「善」涉字頭而誤，當從今本。又據韻書訓解之文例，疑
　　「說文」前脫一「出」字。

嫚　侮易也，出說文（裴・去訕）
嫚　侮也易，出說文（唐・去諫）
　　侮易也，从女曼聲（十二下・女部 4a）
案：二韻書同引《說文》釋義，《裴・去訕》引與今本同，《唐・去諫》「易」、「也」
　　二字誤倒，當據正。

媰　媿、老嫗皃，出說文，加（唐・去宥）
　　醜也，一曰老嫗也，从女酋聲，讀若蹴（十二下・女部 4b）
案：此引釋義「媿老嫗皃」為韻書之檃括語，當以今本為正。又所引「醜」作「媿」，
　　潘亦雋《說文解字通正》：「武梁祠堂畫象無鹽媿女，《隸釋》以媿女為醜女，又
　　《集韻》醜古作媿，是媿與醜通」〔註 121〕，疑古本《說文》作「媿也，一曰老
　　嫗」。

氏　丶族，說文無點（裴・上紙）
　　氏　巴蜀山名岸脅之旁箸欲落墬者曰氏，氏崩聞數百里，象形、丶聲，
　　凡氏之屬皆从氏，楊雄賦響若氏隤（十二下・氏部 5b）
案：此引「說文無點」說明字形，氏之篆文作「氒」無點，加點者為行書之飾筆，
　　其例與上文「兔」字同。

戟　刀戟，几劇反，案文作戟，三（S2071・入陌）
　　戟　有枝兵也，从戈軡，周禮戟長丈六尺，讀若棘（十二下・戈部 6a）
案：「戟」為「戟」之或體，《五經文字・戈部》「戟戟　几劇反，上說文下經典相承
　　隸省」〔註 122〕可參，此引字形「戟」同於字頭，《廣・入陌》作「戟　刀戟，
　　說文作戟，有枝兵也」，此本當作「文作此戟」以明正篆，韻書為後人所改動。

我　五可反，二，說文施身自謂也□……□頓也從戈□丶　古文　也□……□（P3693・

〔註 121〕《詁林》10～242 所引。
〔註 122〕《五經文字》卷中。

上哿）

我　施身自謂也，或說我頃頓也，从戈从手，手或說古垂字，一曰古殺
字（十二下・我部 6b）

案：此完整稱引《說文》，其引與今本同，惟「手」原卷字跡漫漶不可識。

陋　盧候反又側豆反，獸似猨，說文作匝，六（裴・去候）
　　匝　側逃也，从匸丙聲，一曰箕屬（十二下・匸部 7b）

案：「陋」從阜匝聲，此引《說文》明正字，徐灝《說文解字注箋》：「箋曰：陋、匝
　　古今字，《爾雅・釋言》曰陋隱也」〔註123〕。

匱　說文云田器，加（唐・入職）
　　匱　田器也，从匸異聲（十二下・匸部 8a）

案：字頭「匱」當作「匱」，韻書原文「匱、敬也，又音異　匱、說文云田器，加」，
　　字頭涉上文而誤，《裴・入職》「匱、敬　匱、田器」可證。所引釋義與今本全
　　同。

甕　屋貢反，二，說文作此瓮（P3696・去送）
　　瓮　罌也，从瓦公聲（十二下・瓦部 8b）

案：「甕」從瓦雍聲，爲「瓮」之後起形聲，此引《說文》明其正字，高翔麟《說文
　　字通》曰：「瓮　今作甕，說文無甕字，即此字也」〔註124〕。

彉　張也，或作彍，說文云張弓弩，開元十三年置橫彉騎，又音郭，加（唐・
　　入鐸）
　　弩滿也，从弓黃聲，讀若郭（十二下・弓部 9b）

案：此引釋義與今本不同，「張弓弩」義可通而改動其詞，當以今本爲是。

系　緒，說文作此枲，又□狄反（裴・去霽）
　　繫也，从糸　聲（十二下・系部 10a）

案：考篆文作「𣪠」，今楷定作「系」，「枲」字則爲《說文》篆文之俗寫。

〔註123〕《詁林》10～392 所引。
〔註124〕《詁林》10～445 所引。

第十三上

蠒　古典反，五⬚……⬚文作此⬚……⬚（P3693・上銑）

　　繭　蠶衣也，从糸从虫繭省　絸、古文繭从糸見（十三上・糸部 1a）

案：此引《說文》說解字形，殘闕處不可考，字頭「蠒」為「繭」之俗體。

綪　七選反又七全反，說文赤黃色，一（裴・去線）

　　帛赤黃色，一染謂之縓，再染謂之　　，三染謂之纁，从糸原聲（十三上・
　　糸部 3a）

案：此引釋義而誤脫「帛」字，當以今本為正，《集・去線》「縓　取絹切，說文帛
　　赤黃色，一染謂之縓，再染謂之經，三染謂之纁，文六」可證。

綦　履飾，說文未嫁女所服之（S2055・平之）

　　綥　帛蒼艾色，从糸畀聲，詩縞衣綥巾，未嫁女所服，一曰不借綥　綦、
　　綥或从其（十三上・糸部 3a）

案：字頭「綦」為「綥」之重文，此節引《說文》釋義，與今本全同。

褓　繈褓，按說文從糸（P3693・上蔲）

　　緥　小兒衣也，从糸保聲（十三上・糸部 3b）

案：「褓」從衣保聲，為「緥」之後起俗字，大徐本「臣鉉等曰：今俗作褓、非是」，
　　此引釋形「從糸」明正字，其形「緥」同今本。

縻　㇒爵，按說文牛彎，或作此紛，二同（S2055・平支）

縻　㇒爵，案說文牛彎，或作紛（裴・平支）

　　縻　牛彎也，从糸麻聲　紛、縻或从多（十三上・糸部 4b）

案：此引《說文》明重文字形「紛」與釋義，其說與今本同。

袽　易曰衣有袽，女余反，三，按說文又作此絮（S2055・平魚）

　　絮　絜縕也，一曰敝絮，从糸奴聲，易曰需有衣絮（十三上・糸部 4b）

案：《說文・糸部》「絮　敝縣也，从糸如聲」，此引字形「絮」當作「絮」，二字形
　　近而易混，鈕樹玉《說文解字校錄》曰：「《易・既濟》及《公羊・昭二十年傳》
　　釋文引竝作『絮縕也』，絮字蓋傳寫譌……《五經文字》袽注云『《說文》作絮，

京氏作絫』，蓋沿釋文之譌」〔註125〕，其說可參。

繐　疎布，又似歲，說文作繐（P3696·去祭）
　　繐　蜀細布也，从糸彗聲（十三上·糸部）

案：《說文·糸部》「繐　粗疏布也，从糸惠聲」，「繐」、「繐」別爲二字，音義俱近
　　而通用，《原本玉篇·糸部》「繐、思銳反……凡布細而疏者謂之繐，今南陽有
　　鄧繐布也，說文或以爲今有如白越布者也　繐、蜀細布也，《聲類》亦繐字也」
　　〔註126〕。

潔　清，案說云無此字，後俗相承共用，於義無傷，亦可通，俗或從冫、音
　　冰（P2011·入屑）
潔　清，說文並從手力（唐·入屑）
　　絜　麻一耑也，从糸切聲（十三上·糸部 5a）

案：「潔」、「潔」俱爲「絜」之俗，「絜」本義爲「麻一耑」，引申有潔淨之義，後以
　　「潔」爲潔淨字，又俗從「冫」作「潔」。《P2011·入屑》引《說文》明「絜」
　　字演變；《唐·入屑》引「從手力」說解其形構。

羂　氎類，說文作繝、西胡氎（P3696·去祭）
　　繝　西胡氎布也，从糸罽聲（十三上·糸部 5a）

案：「羂」爲「罽」之俗體，《說文·网部》「罽　魚网也，从网罽聲，罽籀文銳」，「罽」、
　　「繝」二字分別，此引《說文》字形明二字之假借，段玉裁注曰：「用織爲布是
　　曰繝，亦假繝爲之」。

彝　丶倫，按說文又宗廟常器也，象形、糸綦也，卯持器中實，此與爵相似，
　　互聲也，周禮：彝雞黃虎彝佳彝，以待祼爵之礼（S2055·平脂）
　　宗廟常器也，从糸、糸綦也，廾持米器中實也，互聲，此與爵相似，周
　　禮六彝：雞彝、鳥彝、黃彝、虎彝、蟲彝、斝彝，以待祼將之禮（十三
　　上·糸部 5a）

案：此引《說文》全文而與今本略有不同，「卯」爲「廾」之形誤；「器中實」小徐
　　本亦作「實」，韻書所引爲是；所引《周禮》與今《周禮》傳本不同，「礼」爲
　　「禮」之俗。

〔註125〕《說文解字校錄》13 上，頁 19。
〔註126〕《原本玉篇殘卷》頁 152。

綽　寬也，說文作繛，昌約反，三（唐‧入藥）

　　繛　緩也，从素卓聲　綽、繛或省（十三上‧素部 5b）

案：「綽」為「繛」之重文省體，此引《說文》明正篆字形，其形「繛」與今本同。

雖　按說文從唯出聲（S2055‧平脂）

　　似蜥蜴而大，从虫唯聲（十三上‧虫部 6a）

案：「出」為「虫」之形譌，此引《說文》釋音而形符、聲符互倒，考《廣韻》「雖」、
　　「虫」古韻依段玉裁十七部表皆為第十五部，二者有聲韻關係。然「雖」為蟲
　　名，當從虫唯聲，「雖」、「虫」疊韻為聲音之巧合，「聲」字當刪。

蝇　詰蛣蝇、蝎蟲也，出說文，加（唐‧入物）

　　蚰　蛣蚰也，从虫出聲（十三上‧虫部 6b）

案：「蝇」從屈，為「蚰」之後起俗字，唐韻寫本「詰」字旁有刪字符號「……」，
　　當刪。「蛣蚰」二字連文，韻書於蝇字下引「蛣」字釋義，《說文‧虫部》「蛣　蛣
　　蚰、蝎也，从虫吉聲」。

蝕　日丶　，說文作蝕，敗創（裴‧入職）

蝕　日月蝕，說文敗瘡也，亦蟲（唐‧入職）

　　餙　敗創也，从虫人食、食亦聲（十三上‧虫部 7b）

案：「蝕」通「蝕」，皆為「餙」之後起字。《裴‧入職》引釋義與今本同，字形「蝕」
　　當作「餙」，是為後人所改；《唐‧入職》「瘡」字則為音誤。

蚖　大蝦蟆，說文或蜦，蚖屬、黑色、潛神淵、能興雲雨（P3696‧去齊）

　　蜦　蛇屬，黑色、潛于神淵、能興風雨，从虫侖聲，讀若戾艸　蚖、蜦
　　或从戾（十三上‧虫部 7b）

案：「蚖」為「蜦」之重文或體，此引《說文》明正篆字形，所引釋義與今本略同，
　　惟「風雨」作「雲雨」，韻書所引是，嚴可均《說文校議》云：「風當作雲，《文
　　選‧江賦》注引作『能興雲致雨』，《韻會》十一眞引作『能興雲雨者』」〔註127〕，
　　其說可從，今據《P3696》所引，知唐本《說文》當作「能興雲雨」。

蜮　蟲名，短狐也，狀如鱉，含沙射人，久則為害虫，生南方，又說文云有
　　三足，玄中記云：長三四寸，蟾蜍、鷺鷥、鴛鴦悉食之耳（唐‧入德）

〔註127〕《說文校議》13 上，頁 10。

　　蜮　短狐也，似鼈、三足，以气射害人，从虫或聲（十三上・虫部 8a）

案：此節引《說文》釋義，而韻書注文亦有用《說文》之義者。

鰐　似蜥蝪，長丈，居水中潛吞人，出說文，加（唐・入鐸）
　　似蜥易，長一丈，水潛吞人即浮，出日南，从虫屰聲（十三上・虫部 8a）

案：此引《說文》釋義而有所改動，當以今本為正。

蠥　妖蠥，說文作蠥，云衣服哥謠草木□□謂之妖，禽獸蟲蝗之怪謂之蠥（唐・
　　入薛）
　　蠥　衣服歌謠艸木之怪謂之祅，禽獸蟲蝗之怪謂之蠥，从虫辥聲（十三
　　上・虫部 8b）

案：此條《唐韻》抄寫有誤，《王・入薛》作「蠥、妖蠥　蠥、虫禽妖怪」、《裴・入
　　薛》作「蠥、妖蠥　蠥、衣服歌謠艸木怪曰妖，禽獸虫蝗怪謂曰ヽ」，是知韻
　　書本分「蠥」、「蠥」為二，《唐韻》則誤混而為一，其引《說文》釋義則與今本
　　同。

第十三下

螽　按說文秋虫也（S2055・平東）
　蝗也，从蚰冬聲，冬古文中字（十三下・蚰部 1a）
案：此引釋義與今本不同，今本爲是，《漢書・五行志》「於春秋爲螽，今謂之蝗」
　　爲韻書所本，席世昌《席氏讀說文記》曰：「班氏〈五行志〉云於春秋爲螽，今
　　謂之蝗，此云蝗也者，亦以漢時稱螽爲蝗，故以時驗言之也」〔註128〕，其說可
　　參。

蜂　蠭，按說文從蚰作此逢蚰反，三（S2055・平鍾）
　蠭　飛虫螫人者，从蚰逢聲（十三下・蚰部 1a）
案：此引《說文》說字形而有誤，韻書原文疑當作「說文從蚰作此蠭，□□反」。「蠭」
　　誤分爲「蚰」、「逢」二字，又脫去反切上下字，遂成此誤，所引釋形同今本。

蜜　說文作蠠，山海經云穀城之上是蜂密廬，彌畢反，六加二（唐・入質）
　蠠　蠭甘飴也，一曰螟子，从蚰鼏聲　蜜、蠠或从宓（十三下・蚰部 1a）
案：「蜜」從虫宓聲，爲「蠠」之重文或體，今多用「蜜」爲蜂蜜字，此引《說文》
　　明正篆字形，其形「蠠」與今本同。

風　方隆反，二，按說文從凡虫聲（S2055・平東）
風　方隆反，二加一，案說文伏羲姓（裴・平東）
　八風也，東方曰明庶風，東南曰清明風，南方曰景風，西南曰涼風，西
　方曰閶闔風，西北曰不周風，北方曰廣莫風，東北曰融風，風動蟲生，
　故蟲八日而化，从虫凡聲（十三下・風部 2a）
案：《S2055・平東》引《說文》釋音云「從凡虫聲」，然今本說文風字作「从虫凡聲」，
　　此形符、聲符互倒。考「虫」、「風」聲韻絕遠，韻書所引說解形構而已，「聲」
　　字當刪。又《裴・平東》引《說文》釋義云「伏羲姓」，與今本不同，考《集・
　　平東》「說文八風也，風動蟲生，故蟲八日而化，一曰諷也，又姓」、《通志・氏
　　族略三》「風氏，姓也，伏羲氏之姓」，疑所引爲他書之語，非出自《說文》，或
　　另有所本，待考。

〔註128〕《詁林》10～979 所引。

颰　疾風，說文作颮，許勿反，三加一（唐・入物）

　　颮　疾風也，从風从忽、忽亦聲（十三下・風部 2a）

案：「颰」爲「颮」之俗，《玉篇・風部》「颮、呼沒反，疾風也　颰、同上」。此引《說文》明正字，字當作「颮」，「颰」從颮省，爲後起俗字，韻書爲淺人所改。

虵　毒虫，食遮反，業文作蛇（S2071・平麻）

　　它　虫也，从虫而長，象冤曲垂尾形，上古艸居患它，故相問無它乎，凡它之屬皆从它　蛇、它或从虫（十三下・它部 2b）

案：「業」當作「案」。蛇之篆文作「𧒎」，俗寫作「虵」，《玉篇・虫部》「虵　食遮切，毒虫，正作蛇」。「虵」、「蛇」皆爲「它」之或體，此引《說文》明重文字形。

龜　居追反，二加二，案說文蠵也，又尒疋龜有十名：一曰神、二曰異、三曰攝、四曰寶、五曰文、六曰莁、七曰山、八曰謂、九曰水、十曰火（裴・平脂）

　　舊也，外骨內肉者也，从它，龜頭與它頭同，天地之性廣肩無雄，龜鼈之類以它爲雄，象足甲尾之形（十三下・龜部 2b）

案：此引釋義與今本不同，《說文・虫部》「蠵　大龜也，从胃鳴者，从虫巂聲」，故韻書以「蠵」互訓「龜」，非《說文》原文如此。

鼅　說文黿蟾蜍也，許曰得此鼀鼅，言其行鼅（裴・平支）

　　鼅　鼅鼄、詹諸也，詩曰得此鼅鼄，言其行鼅鼅，从黽爾聲（十三下・黽部 3a）

案：此引《說文》釋義而有誤字，疑「黿」爲衍字，「許」爲「詩」之形譌，「鼅」下當有同文符號「〻」，當以今本爲正。

掃　說文弃也，從士（P3693・上晧）

　　埽　棄也，从土从帚（十三下・土部 4b）

案：「掃」從手帚，爲「埽」之後起字，今多用「掃」爲掃除字。此引《說文》釋形、釋義，「士」爲「土」之形誤。

野　以者反，三，說古文作此壄（P3693・上馬）

　　野　郊外也，从里予聲　壄、古文野从里省从林（十三下・里部 6a）

案：此引《說文》說解重文字形，韻書所引是。考古文「野」字克鼎、禽鼎皆從林
　　從土〔註129〕，商承祚《殷墟文字類編》曰：「《玉篇》埜林部、壄土部並注『古
　　文野』，殆埜為顧氏原文，所見許書尚不誤，壄則宋重脩時所增也」〔註130〕，
　　其說可參。又小徐本作「古文野從林」，知古本《說文》當作「埜、古文野从林」，
　　後人先改古文篆形，又妄增「从里省」三字。

畮　說文作此畮，或作晦此畮，從十、久聲（P3693・上厚）
　　晦　六尺為步，步百為畮，从田每聲　畮、晦或从田十久（十三下・田部
　　6b）
案：「畮」為「畮」之重文，此引《說文》云「從十久聲」與今本會意不同。考《廣
　　韻》「畮，莫厚切」明母厚韻、「久，舉有切」見母有韻，古韻依段玉裁十七部
　　表，畮為第四部，久為第三部，二字韻近，大徐本「臣鉉等曰：十、四方也，
　　久聲」，小徐本「臣鍇曰：十其制，久聲」，二說皆以「久」為聲，疑韻書所引
　　是。

畯　田畯，說文二農（S6176・去震）
　　農夫也，从田夋聲（十三下・田部6b）
案：此引釋義與今本不同，疑韻書所引有誤，「農」、「夫」二字互倒又誤為「二」字，
　　《裴・去震》作「畯　食田丶，又農矢也」。

𪏖　鮮黃色，說文作𪏖，黃華色（P3696・去卦）
　　𪏖　鮮明黃也，从黃圭聲（十三下・黃部7a）
案：此引《說文》字形「𪏖」同今本，釋義「黃華色」與原文義近而更言之，當以
　　今本為正。

倦　渠卷反，二，疲也，說文作券同（裴・去線）
　　券　勞也，从力卷聲（十三下・力部8a）
案：《說文・人部》「倦　罷也，从人卷聲」，「倦」、「券」別為二字，段玉裁於「券」
　　字下注曰：「今皆作倦，蓋由與契券从刀相似而避之也」，古以「券」為疲倦字，
　　為免與契券之「券」形混，而又別造「倦」字，而《說文》二字並存。

〔註129〕《金文編》卷13。
〔註130〕《詁林》10～1274所引。

第十四上

銅　按說文青鐵也（S2055・平東）

銅　赤金也，說文青鐵也（裴・平東）
　　赤金也，从金同聲（十四上・金部 1b）

案：兩韻書引《說文》釋義與今本不同，「青鐵」亦不見於其他字書。《裴・平東》
　　注文用《說文》釋義，又引「說文青鐵也」，疑一本如此作。

鐀　┈┈說文（S6176・去問）
　　鐀　鐵屬，从金賣聲（十四上・金部 1b）

案：此引「說文」其上殘闕不可考，《王・去問》、《裴・去問》作「鐀　鐵類」。

犁　黎同，直破，按說文金屬也，一曰剝（S2055・平脂）
　　鑗　金屬，一曰剝也，从金黎聲（十四上・金部 1b）

案：「犁」從金利聲，爲「鑗」之後起俗字，所引釋義、一曰與今本同。

鐃　鐵文，說文鐃（P3693・上篠）
　　鐃　鐵文也，从金曉聲（十四上・金部 1b）

案：字頭「鐃」爲「鐃」之形誤，《王・上篠》「鐃　鐵ヽ」可證，所引釋義與今本
　　同。

鉹　甗，說文是鬲鼎金屬也（P2014・上紙）
　　曲鉹也，从金多聲，一曰　鼎，讀若　，一曰詩云侈兮哆兮（十四上・金
　　部 1b）

案：此橾括《說文》釋義而更言之，當以今本爲正。

鍑　說文云如釜而大口，或作鍢，加（唐・入屋）
　　釜大口者，从金复聲（十四上・金部 2a）

案：此引釋義較今本多「如」、「而」二字，韻書所引爲是，段玉裁改作「如釜而大
　　口者」，沈濤《古本考》「濤案：《御覽》七百五十七器物部、《一切經音義》卷
　　二皆引『鍑如釜而大口』、卷十八引『鍑如釜而口大』，蓋古本作如釜而大口者，

今本奪如而二字」〔註131〕，其說可從。小徐本作「釜而大口者」，亦脫「如」字。

鎺 酒器，說文又單作此㼝（P3693・上厚）
　　鎺 酒器也，从金、㼝象器形　㼝、鎺或省金〔註132〕（十四上・金部2a）
案：「㼝」爲「鎺」之重文省體，此引《說文》明重文字形，其形「㼝」同今本。

鉉 鼎耳，說文舉鼎也，易謂之鉉，禮謂之鼏……（P3693・上鉉）
　　舉鼎也，易謂之鉉，禮謂之鼏，从金玄聲（十四上・金部2a）
案：此引《說文》釋義與今本同，惟「鼏」字因形近而誤作「鼎」。

針 案文作鍼（S2071・平尤）
　　鍼 所以縫也，从金咸聲（十四上・金部2b）
案：「針」從金十，爲「鍼」之後起俗字，大徐本「臣鉉等曰：今俗作針、非是」，今多以「針」爲針線字。此引《說文》明正字，其形「鍼」同今本。

鈹 普羈反，五，說文大針、刃如刀（S2055・平支）
　　大鍼也，一曰劒如刀裝者，从金皮聲（十四上・金部2b）
案：此引釋義與今本不同，當從今本，「針」爲「鍼」之俗，「刃」當作「劒」，《裴・平支》「鈹　敷羈反，五加三，大鍼也，一曰劒而刀裝也」可證。

鋤 助魚反，一加一，按說文作此鉏（S2055・平魚）
　　鉏 立薅所用也，从金且聲（十四上・金部2b）
案：「鋤」從金助聲，爲「鉏」之後起形聲字，《玉篇・金部》「鉏、士菹切，田器，又仕呂切　鋤、同上」，今多用「鋤」爲農器字。此引《說文》明正字，其形「鉏」同今本。

鋝 十二銖廿五分之十三，出說文（唐・入薛）
　　十銖二十五分之十三也，从金寽聲，周禮曰重三鋝，北方以二十兩爲鋝（十四上・金部3a）
案：此引釋義十後多一「二」字，然清代治《說文》者多以爲當作「十一銖」，桂馥《義證》曰：「十銖當爲十一銖，《尚書》、《周禮》釋文並引作『十一銖』，《廣

〔註131〕《古本考》卷14上，頁2。
〔註132〕大徐本「鎺」作「㼝」，今依小徐本及文意改。

－127－

韻》、《增韻》、《五音集韻》、徐鍇《韻譜》並同，戴侗曰：蜀本十下有一字」〔註133〕，其說可參，疑今本「十」字後有脫漏。

鈜　車ヽ，說文曰ヽ 轂鐵也，又古雙反（P2016・平東）
　　釭　車轂中鐵也，从金工聲（十四上・金部 4a）

案：「鈜」從公聲，爲「釭」之後起形聲字，此引《說文》釋義而脫「車」、「中」二字，當以今本爲正。

居　舉魚反，六加一，按說文從几作此尻（S2055・平魚）
　　尻　處也，从尸、得几而止，孝經曰仲尼尻，尻謂閒居如此（十四上・几部 5a）

案：《說文・尸部》「居　蹲也，从尸、古者居从古」，「居」、「尻」二字同音而義有別，段玉裁於「居」下注曰：「《說文》有尻有居，尻處也从尸得几而止，凡今人居處字古祇作尻處，居蹲也，凡今人蹲距字古祇作居……今字用蹲居字爲尻處字，而尻字廢矣」其說可從，此於「居」下引「說文從几作此尻」，以明二字之假借。

所　疎舉反，案文戶今爲正，又所，二（S2071・上語）
　　伐木聲也，从斤戶聲，詩曰伐木所所（十四上・斤部 5b）

案：此引《說文》有誤字而文意不明，《P2011・上語》作「所　疎舉反，處，通俗作所」、《裴・上語》作「所　疎舉反，處也，正所，五」。

斯　息移反，十二加十三，按說文此也、枾也（裴・平支）
　　析也，从斤其聲，詩曰斧以斯之（十四上・斤部 5b）

案：「枾」從木片，爲「析」之俗字，《P2011・平支》、《王・平支》作「息移反，此，廿二」，知「此也」爲韻書之訓解，非《說文》原文如此。

較　說文作較，車騎也（裴・入覺）
　　較　車騎上曲銅也，从車爻聲（十四上・車部 6b）

案：「較」從交聲，爲「較」之或體、「軺」則爲「較」之俗，今多用「較」字，此引《說文》說字形與節引釋義，當從今本。

〔註133〕《義證》卷 45，頁 27。

軝　鞁，按說文作此軝，長轂之軝也，以朱約之，詩曰約軝錯衡（S2055·平
支）

軝　長轂之軝也，以朱約之，从車氏聲，詩曰約軝錯衡　鞁、軝或从革
（十四上·車部 7a）

案：「鞁」爲「軝」之重文或體，此引《說文》字形與釋義、引經，皆與今本同。

轙　車上環彎所貫，按說文或作此鑀（S2055·平支）

轙　車衡載彎者，从車義聲　鑀、轙或从金从獻（十四上·車部 7a）

案：「鑀」爲「轙」之重文或體，此引《說文》明重文字形，其形「鑀」與今本同。

範　□說文……祭訖車……（P3696·上范）

範　模也，說文ㄑ軷，祭神曰軷，祭訖車ㄑ而行故曰軷（裴·上范）

軷　出將有事於道，必先告其神，立壇四通，樹茅以依神爲軷，既祭軷，
轢於牲而行爲範軷，詩曰取羝以軷，从車犮聲（十四上·車部 7b）

案：《P3696》原卷有殘闕，《說文·車部》「範　範軷也，从車笵省聲，讀與犯同，
音犯」，「範軷」二字連文，故韻書於「範」下並引「軷」字釋義。

輂　曹局，說文云大車駕馬也，加（唐·入燭）

輂　直轅車輦也，从車具聲〔註134〕（十四上·車部 7a）

輂　大車駕馬也，从車共聲（十四上·車部 8a）

案：《唐韻》所引有誤，當從今本。考韻書源流：《S2071·入燭》「輂　禹所乘，
居玉反，五」，《P2011·入燭》「輂　居玉反，禹所乘，十　輂　韝」，《王·
入燭》「輂　居玉反，禹所乘，十　輂　韝」，《廣·入燭》「輂　禹所乘直轅
車，說文曰大車駕馬也，居玉切，十二　輂　說文曰直轅車直轅車輦縳也」，
據上引諸文，可知「輂」、「輂」當別爲二字，而以《廣韻》所引最爲詳盡。《唐
韻》原文作「輂　禹乘直轅車，居玉反，七加一　輂　曹局，說文云大車駕
馬也，加」，字頭「輂」爲「輂」之俗誤，注文「曹局」當爲下文「局」字之
訓解，而「說文云大車駕馬也」當移至「輂」字下。

輀　車，說文作此輀（S2055·平之）

輀　說文柩車（裴·平尤）

〔註134〕大徐本「輦」作「轅」、「具」作「且」，皆形近之誤，今依小徐本改。

輀 喪車也，从車而聲（十四上・車部 8a）

案：「轜」爲「輀」之俗體，《玉篇・車部》「轜、如之切，喪車名也　輀、同上」〔註
135〕，《S2055》引《說文》明正字；《裴韻》所引釋義相近而改「喪」爲「柩」，
當依今本。

〔註135〕《大廣益會玉篇》卷18。

第十四下

阜 陵阜⋯⋯文作⋯⋯（P3693・上有）
    𨸏 大陸山無石者，象形，凡𨸏之屬皆从𨸏（十四下・𨸏部 1a）
案：此引《說文》說解字形，殘缺處不可識。

陵 亭名、在馮翊，說文又高（S6176・去震）
    陵 陥高也，从𨸏夌聲（十四下・𨸏部 1a）
案：此引《說文》釋義而誤脫「陥」字，當以今本為正，《廣・去稕》作「陵 亭名、
    在馮翊，說文曰陥高也」可證。

隓 毀，許規反，三加一，說文此作隓，又作此墮（S2055・平支）
    隓 敗城𨸏曰隓，从𨸏㐰聲 𡐨、篆文（十四下・𨸏部 1b）
案：「隓」、「墮」、「隓」三字皆為「隓」之俗體，《說文》作「隓」，大徐本「臣鉉等
    曰：《說文》無㐰字，蓋二左也，眾力左之、故从二左，今俗作隓、非是」，此
    引字形與今本不同，韻書當為後人所改動。

坻 小渚，說文秦謂陵阜曰渚阺（裴・平脂）
    阺 秦謂陵阪曰阺，从𨸏氏聲 〔註136〕（十四下・𨸏部 1b）
案：此引文「陵阜」與今本不同，考《太平御覽・地部》：「阺 說文曰秦謂陵阜曰
    阺」〔註137〕，與韻書同，疑韻書所引是，惟涉上文誤衍一「渚」字，唐本《說
    文》當作「秦謂陵阜曰阺」。又《說文・土部》「坻 小渚也，詩曰宛在水中坻，
    从土氏聲」，「坻」、「阺」原為二字，至唐以後始混用無別。

隬 地名，又峻坂，說文作陾，築墻聲，音仍（S2055・平之）
    陾 築牆聲也，从𨸏耎聲，詩曰捄之陾陾（十四下・𨸏部 2b）
案：「隬」為「陾」之俗體，此引字形、釋義皆同今本。

馗 說文與此逵義同（S2055・平脂）
    馗 九達道也，似龜背，故謂之馗，馗、高也，从九从首 逵、馗或从

〔註136〕大徐本「秦」作「泰」，形近而誤，今依小徐本、陳昌治刻本改。
〔註137〕《太平御覽》卷 71。

辵从癸（十四下・九部 3b）

案：「達」為「馗」之重文，此引《說文》明重文或體，其形「達」同今本。

离　案許慎云山神也（裴・平支）
　　山神獸也，从禽頭从内从中，歐陽喬說离猛獸也（十四下・内部）

案：此引釋義與今本不同，韻書所引是。段玉裁改作「离　山神也，獸形」，沈濤《古本考》曰：「古本作山神也，獸形，今本也獸二字誤倒，二徐又妄刪形字，遂以离為神獸，則與一說無別矣……宣三年傳螭魅罔兩，正義引服虔注曰『螭山神獸形』，《漢書・司馬相如傳》注引如淳曰『螭山神獸形也』，《廣雅》天山神謂之离，《文選・東京賦》薛綜注曰『魑魅山澤之神』，是魏晉以前無不以离為山神」〔註138〕，其說可參。

亂　治也，落段反，二加一，說文作此乱，從乙（S6176・去翰）
　　亂　治也，从乙、乙治之也，从𤔔（十四下・乙部 4b）

案：「乱」為「亂」之俗寫省體，《說文》從乙從𤔔作「亂」，此引字形與今本不合，韻書當為後人所改易。

疑　語基反，二，說文從疑聲（S2055・平之）
　　惑也，从子止七矢聲（十四下・子部 6b）

案：此引釋音與今本不同，「說文從疑聲」其他唐五代韻書未見，疑《S2055・平之》所引有誤，待考，《集・平之》作「疑𪘏　魚其切，說文惑也，从子止七聲，或作𡤶，文十二」

孱　丶 ……說文作，窘連反，五（P2014・平仙）
　　迒也，一曰呻吟也，从尸在孨下（十四下・孨部 6b）

案：此引《說文》釋形，「說文作」文義未完，後當有脫字。

卯　古作……說文……（P3693・上巧）
　　卯　冒也，二月萬物冒地而出，象開門之形，故二月為天門，凡卯之屬皆从卯（十四下・卯部 7b）

案：原卷「說文」以下殘闕不可考，《S2071・上巧》作「卯　古作卯，莫飽反，三」。

〔註138〕《古本考》卷 14 下，頁 6。

配　普佩反，二加一，說文酒······（P3696・去隊）
　　酒色也，从酉巳聲（十四下・酉部 9a）

案：原卷「說文酒」以下殘闕，所引釋義同今本。

酢　酬丶也，說文作此醋字（Д Х 01372・入鐸）
　　醋　客酌主人也，从酉昔聲（十四下・酉部 9a）

案：《說文・酉部》「酢　醶也，从酉乍聲」，「醋」本酬醋字、「酢」本漿酢字，俗
　　多以二字字義互易，大徐本「醋　臣鉉等曰：今俗作倉故切」，小徐本「酢　臣
　　鍇曰：今人以此爲酬醋字，反以醋爲酒酢，時俗相承之變也」。

醋　醬醋，說文作酢（唐・去暮）
　　酢　醶也，从酉乍聲（十四下・酉部 9b）

案：《說文・酉部》「醋　客酌主人也，从酉昔聲」，大徐本「酢　臣鉉等曰：今俗
　　作在各切」，說見上「酢」字。

其　他

　　本節收錄唐五代韻書引《說文》特殊之字，分爲「有衍誤字，實非稱引說文」、「引其他字書而誤爲說文」、「說文所無」、「殘闕不可辨」等四類。

有衍誤字，實非稱引《說文》

　　本小節共收四字，皆韻書訓解中有脫衍字、誤字，可據相關韻書是正，實非出於《說文》者。

少　┃┄┄┃漢複姓五氏，說文姓苑┃┄┄┃師氏，照反又失沼反，二（唐・去笑）
　　不多也，从小丿聲（二上・小部 1a）
案：此字當非出自《說文》，當爲抄手之誤。考《廣韻・去笑》「少　幼少，又漢複姓、五氏，《說苑》趙簡子御有少室周魯惠公子施叔之後有少施氏，《家語》魯有少正卯；孔子弟子有少叔承，《何氏姓苑》有少師氏，失照切又失沼切，二」，知「少」字當見於《何氏姓苑》，「說文姓苑」爲《何氏姓苑》之訛誤，當據正。《姓苑》十卷，南朝宋何承天撰，《舊唐書・經籍志》：「《姓苑》十卷，何承天撰」〔註139〕。

瘤　赤瘤腫病也，出說文集略（唐・去宥）
　　腫也，从疒留聲（七下・疒部 5b）
案：此字非出於《說文》，《廣・去宥》「瘤　赤瘤腫病也，出《文字集略》」可證，知「瘤」字見於《文字集略》，「說」字誤衍而「文」字下又脫「字」。《文字集略》六卷，梁阮孝緒撰，《隋書・經籍志》：「《文字集略》六卷，梁文貞處士阮孝緒撰」〔註140〕。

帙　書帙，又姓、出纂說文，亦作袟（唐・入質）
　　書衣也，从巾失聲（七下・巾部 9a）
案：此非出於《說文》，《廣・去覺》「帙　書帙，亦謂之書衣，又姓、出《纂文》」可證，「說」字誤衍。《纂文》三卷，南朝宋何承天撰，《舊唐書・經籍志》：「《纂

〔註139〕《舊唐書》卷 46。
〔註140〕《隋書》卷 32。

文》三卷，何承天撰」〔註141〕。

引其他字書而誤爲《說文》

　　本小節共收二字，皆韻書訓解誤以他書爲《說文》，可據相關韻書是正，實非出於《說文》者。

莂　種概蒔之，出說文（P5531・入薛）

案：《說文》艸部無「莂」字，《唐・入薛》作「莂　種概移蒔之，出埤蒼、加」，此字當從《埤蒼》所出。《埤蒼》三卷，魏張揖撰，《隋書・經籍志》：「《埤蒼》三卷，張揖撰」〔註142〕。

嵲　嵽嵲，說文從山（唐・入屑）

案：《說文》山部無「嵲」字，《原本玉篇・山部》「嵲　牛結反，字指嵽嵲也」〔註143〕，此字當從《字指》所出。《字指》二卷，晉李彤撰，《隋書・經籍志》：「《字指》二卷，晉朝議大夫李彤撰」〔註144〕。

《說文》所無

　　本小節共收二十二條、二十一字，皆今本《說文》所無之字，或疑出處有誤，可見於其他字書；或存疑待考者。

卌　字統云插糞把，說文云數也，今人直以爲四十字，加（唐・入緝）

案：《說文》無「卌」字，鄭珍《說文逸字・卷上》「卌　四十并也，古文省。《廣韻》二十六緝卌下引『說文數名』，知唐本有此字，惟以廿卅注推之，此注當如是……本書林部棥下云卌數之積也，則卌字偏旁有之；又耒部耤下云卌又可以劃麥，即注義亦有卌義」。

愷　言行急，出說文（唐・去号）

案：《說文》心部無「愷」字，雷浚《說文外編》：「愷　《說文》無愷字，古祇作

〔註141〕同注138。
〔註142〕同注139。
〔註143〕《原本玉篇殘卷》頁441。
〔註144〕同注139。

造。《大戴禮・保傳篇》靈公造然失容……諸造字皆慽之假借字，後加心旁，別爲慥字耳」〔註145〕。

櫼　說文云大櫃，加（唐・去鑑）

案：《說文》木部無「櫼」字，疑爲「檻」字之省，雷浚《說文外編》：「櫼　疆櫼用蕡，鄭注疆櫼、疆堅者……俞太史樾曰：櫼當即檻字之變，猶鑒即鑑字之變也」〔註146〕。

扒　拔也，詩云勿剪勿扒，說文作拵（唐・去怪）

案：《說文》手部無「拵」字，亦無「扒」字，朱駿聲《通訓定聲》「《廣雅・釋言》扒擘也」〔註147〕。

畣　說文云對（唐・入合）

案：「畣」當作「畣」，敦煌俗寫「曰」、「田」不分。《說文》無「畣」字，《爾雅・釋言》「俞、畣，然也」，疏「畣古荅字，故爲應也」，《玉篇・亼部》「畣　都合切，對也、然也，今作荅」。

甀　瓵甀，說文□等並從婁，上正中通下俗，牙作任意也（P3693・上厚）

案：《說文》瓦部無「甀」字，《方言・卷五》「其中者謂之瓵甀」，《玉篇・瓦部》「瓵、蒲後切，瓵甀小罌也　甀、力口切，上注」〔註148〕。

瓗　破未相離，說文瓗同（裴・去問）

案：《說文》無「瓗」、「瓗」字，《方言》「秦晉器破而未離謂之瓗」。

逕　說文云近也，加（唐・去徑）

案：《說文》辵部無「逕」字，《玉篇・辵部》「逕　吉定切，路逕也、近也」〔註149〕。

菽　草本早死，出說文（P5531・入錫）
菽　草本旱死，出說文，加（唐・入錫）

案：《說文》艸部無「菽」字，《玉篇・艸部》「菽　徒的切，旱气」〔註150〕，《集・

〔註145〕《說文外編》卷1，頁5。
〔註146〕《說文外編》卷7，頁4。
〔註147〕《通訓定聲》泰部第13附錄，頁88。
〔註148〕《大廣益會玉篇》卷15。
〔註149〕《大廣益會玉篇》卷10。

入錫》「菽　草木旱死也」。

慈　疾之反，三，說文從竹作此　也（S2055・平之）

案：《說文》竹部無「慈」字，《玉篇・竹部》「慈　自移切，竹名」〔註151〕。

𩧢　說文云野馬，加（P2018・平冬）

案：《說文》馬部無「𩧢」字，《玉篇・馬部》「𩧢　音龍，野馬也」〔註152〕。

憍　思敬皃，見說文（裴・平脂）

案：《說文》心部無「憍」字，《玉篇・心部》「憍　喬移切，敬也、順也」〔註153〕。

懊　貪也、愛也，出說文，加（唐・入屋）

案：《說文》心部無「懊」字，《玉篇・心部》「懊　於報切，悔也，於六切，貪也」
〔註154〕。

枟　木名，按說文尤無點（S2071・平尤）

案：《說文》木部無「枟」字，《玉篇・木部》「枟　干牛切，枟木、樟屬」〔註155〕。

䵳　丶丶尐也小，出說文，尐字即列反，加（唐・入屑）

案：「䵳」當作「䵳」，《說文》面部無「䵳」字，《玉篇・面部》「䵳　弥結切，面小
也」〔註156〕，《廣・入屑》「䵳　䵳尐、小也，尐即列切」。

赶　說文云趂（ДХ01466・平齊）

案：《說文》無「赶」字，待考，《集・去宥》作「踤赶　跛行也，或作赶」。

𪚪　丁全反，一，𪚪尤也，出說文，新加（P2011・平仙）

案：《說文》無「𪚪」字，待考，《P2014・平宣》作「𪚪　𪚪丶丶，丁全反，一」，周
祖謨《廣韻校勘記》云：「未詳」〔註157〕。

〔註150〕《大廣益會玉篇》卷13。
〔註151〕《大廣益會玉篇》卷14。
〔註152〕《大廣益會玉篇》卷23。
〔註153〕《大廣益會玉篇》卷8。
〔註154〕同注5。
〔註155〕《大廣益會玉篇》卷12。
〔註156〕《大廣益會玉篇》卷4。
〔註157〕《廣韻校勘記》下平聲，頁7。

雍　於用反，一，說文作雍（P3696・去宋）

案：《說文》無「雍」字，段玉裁以爲當爲「雝」字之隸變，但「雝」音於容切屬平
　　聲，此處則爲去聲，《王・去宋》作「雍　於用反，人姓，一」。

袯　補也，出說文（唐・去霽）

案：《說文》無「袯」字，《廣・去霽》字從衣部作「袯　補也」。

濺　說文云激水散，又音箭（唐・去霰）

案：《說文》無「濺」字，《裴・去線》作「濺　水迸丶」。

蒻　螫丶也，說文從若聲，□□作蒻二同（ДХ01372・入鐸）

案：《說文》無「蒻」字，《廣・入鐸》「蒻　螫也，亦作蒻」。

殘闕不可辨

　　本小節共收三條，皆韻書有殘闕而不可盡識，今存於此。

□　……出說文（P3693・上靜）

案：此條闕脫太多，引《說文》字頭與內容均不可考。

□　……按說文作……（P3694-7）

案：此爲《集存》未收錄之韻書斷片，今依微卷照片補，惜引《說文》字頭與內容
　　均不可考。

衛　羽……說……（P3696・去祭）
　　宿衛也，从韋帀从行，行、行列衛也（二下・行部4b）

案：此條存一「說」字，疑稱引《說文》，惜闕脫太多，訓解內容不可考。

第四章 結 論

第一節 唐五代韻書引《說文》之作用

前一章對唐五代韻書引《說文》與今本不同處逐條考正，本節即依照各韻書注文之內容，就其稱引《說文》之作用，分為「增新字」、「加訓釋」、「明出處」三類，分別舉例敘述如下：

一、增新字

陸氏《切韻》編寫之初，旨在論南北是非、古今通塞，以明古音今音之沿革，故收錄常用字，並注明反切，於釋義但從簡而已。其後增修韻書，因使用之方便與需要，乃增加收錄之字數，此即長孫訥言序云：「又加六百字，用補闕遺，其有類雜，並為訓解」，以及《唐韻》序云「遺漏字多，訓釋義少……敢補遺闕，兼集諸書，為註訓釋」之意。

其增加字多附於每韻或每小紐之後。唐五代韻書引《說文》增加新字之訓解文例，是在釋某字之義後，加上「出說文，加」或「出說文，新加」等字；或用「說文作此……加」、「說文云……加」，以示為後代增修《切韻》時，依據《說文》所增加之新字。以下是引《說文》增新字之例：

《P2011・平鹽》「妗 火尖反，恁妗也，一曰善美，新加、出說文，更毛也」

《S2071・上靜》「靖 出說文，新加，三」

《P3693・上有》「久 舉有反，說文作此久，加」

《唐・去翰》「㸩 說文云火色，加」

《S6176・去嘯》「歊 火弔反，一，出說文，新加」

《唐・入昔》「鬚　鬚髮，又音逖，出說文，加」

《唐・入葉》「儑　說文云長壯兒，加」

二、加訓釋

　　此爲最常見、也是最重要之作用，由收錄字數少、只注明反切與同音字數之原本《切韻》，發展到字數繁多、注釋豐富之《刊謬補闕切韻》、《唐韻》，記錄著《切韻》系韻書發展之軌跡。王國維云：「韻書爲唐時詩賦所需，當時迻寫者，當不下數萬部」〔註1〕，增加訓解之由，實因當時詩賦創作之需要，文人學士皆取《切韻》作爲工具書，故增修韻書者必踵事增華，以廣見聞。

　　唐五代韻書引《說文》增加訓釋之方式，是於前代韻書無注解處，援引《說文》釋形、釋音、釋義，或於簡略訓解後，另引《說文》補充說明之。其中值得注意者，引《說文》說解字形的方式較爲多樣化，有以「文作某」〔註2〕、「說文作某」單純說明字形，亦有藉稱引《說文》，說明文字的使用情況，今分別條列如下：

（一）引《說文》以釋義者：

　　《S2055・平支》「赿　說文緣木兒，行兒也」

　　《P3693・上琰》「剡　削，又縣名，時琰反，在會稽，說文銳利」

　　《裴・去震》「殣　薶，說文又道中死人所也，詩云行有死人，尚或ㄟ之」

　　《唐・入葉》「騤　說文云馬步也」

（二）引《說文》以釋音者：

　　《S2055・平東》「風　方隆反，二，按說文從凡虫聲」

　　《P3693・上獮》「窅　深目，說文一包反」

　　《唐・去候》「逗　ㄟ留，說文音住」

　　《ДХ01372・入鐸》「博　補各反，八加一，說文從十尃聲」

（三）引《說文》以釋形者：

　　《S2055・平魚》「蒩　側魚反，二，說文作此葅」

　　《S2071・平尤》「裘　按文求無點，巨鳩反，十二」

　　《P3693・上厚》「鎺　酒器，說文又單作此㽪」

　　《S2071・上感》「菡　菡萏、荷花，按文作蕑」

　　《唐・去遇》「煦　溫也，說文無火，香句反，三」

《裴・去霽》「薊　草名，說文作此薊」

《P3694・入末》「濿　水流，說文無耳」

《ДХ01372・入鐸》「愕　驚也，五各反，九，說文作咢」

三、明出處

　　就《切韻》系韻書演變角度而言，其於每字下說解字數，是由少而多，說解內容則是由不作說解、簡單說解而漸趨於繁複。其中一項重要發展，即是開始大量引用經典、書籍說明此字出處，使讀者容易明白及檢索。如以下所舉之例：

《P2011・平微》「斐　匪肥反，斐豹，見在左傳」

《裴・上檻》「黤　董ヽ，出孝子傳，亦黶」

《裴・去霰》「悢　ヽ戾、呻吟也，見尒疋，從戾音虛仞反」

《唐・入職》「式　法也、敬也、用也，又人姓、出何氏姓苑」

　　時代越晚所出韻書，其引用典籍範圍也越廣，據式古堂書畫彙考所引〈唐韻序〉云：

　　　　敢補遺闕，兼集諸書，為註訓釋……皆按《三蒼》、《爾雅》、《字統》、
　　《說文》、《玉篇》、《石經》、《聲類》、《韻譜》、《九經》、諸子史、漢《三
　　國誌》、後魏周隋陳梁兩齊等史、《本草》、《姓苑》、《風俗通》、《古今註》、
　　賈執《姓氏英賢傳》、王僧孺《百家譜》、《文選》諸集、《孝子傳》、輿地
　　誌及武德以來創置迄于開元廿年，並列注中。

由這段文字可知，中唐以後韻書引用之典籍，除了經、史、子、集外，又加入了人物、姓氏、方國地名……等，使得說解內容更豐富。據學者研究，這應該和韻書使用目的，以及當時風氣有密切關係〔註3〕。

　　唐五代韻書引《說文》說明出處之方式，是在釋某字之義後，加上「出說文」或「見說文」，以下是引《說文》明出處之例：

《S2055・平東》「浲　水不遵道，一曰浲下也，出說文」

《裴・平脂》「愭　思敬兒，見說文」

《P3693・上小》「覢　自有察省見，出說文」

《P3693・上琰》「弇　蓋益也，出說文，古文弆」

《S6176・去震》「卂　疾飛而不見，出說文」

《唐・去敬》「瀅　小津，一曰三渡，出說文」

〔註3〕《集存》，頁915。

《唐・入薛》「鋝　十二銖廿五分之十三，出說文」

《ДХ01372・入鐸》「霻　雨霻，出說文」

第二節　唐五代韻書引《說文》之體例

上節說明稱引《說文》之作用，本節則說明唐五代韻書稱引《說文》之體例，並於其下略舉數例：

一、釋　義

其釋義方式，有下列八類：

（一）兼引釋義、釋形、一曰，稱引完備者，如：

《S2055・平之》「司　按說文臣司事於外者也，從反后」

《S2055・平之》「茲　子之反，九加一，說文草木多益也，作此茲」

《P3693・上獮》「衍　達，說文水朝宗於海，故從水行」

《P3693・上小》「兆　說文分也，從八，又作兆」

《P3696・去祭》「歲　相芮反，二，說文從步戌聲作此歲」

《裴・去線》「嘮　弔，說文作唁，詩云歸ヽ衛侯」

《唐・入藥》「彳　說文云乍行乍止也，從彳止聲，凡是彳之屬皆從彳」

《ДХ01372・入鐸》「各　古落反，說文異也，從口夂者有行而止相聽之意」

此為韻書稱引《說文》具有價值之處，除有釋義、釋形外，亦包括重文、引經等，為其他書籍稱引時較少見。

（二）直用其義者，如：

《S2055・平東》「洚　水不遵其道，一曰洚下也，出說文」

《P3693・上琰》「掩　說文目開已東謂取為掩，一曰覆也，與掩略同」

《唐・去嘯》「竅　說文六竅窅深也，加」

《P5531・入雪》「餕　說文云祭酹」

（三）節引其義者，如：

《S2055・平魚》「沮　水名，在北地，又慈与，說文沮出漢中，此濾出北地，並水名」

《唐・去遇》「壴　說文云陳樂也，加」

《唐・入緝》「廿　說文云二十也，今人直如以為二十字，加」

《裴‧入業》「業　魚怯反，從丵，說文木板也，所以懸鍾皷也，三」

（四）櫽括其義者，如：

《裴‧平鍾》「瓏　圭爲龍文，案說文以禱旱」

《P3693‧上獮》「兗　以轉反，二，說文口ㄟ，餘奐反，山澗陷泥地曰凸，兗州九州泥地，故以兗爲名」

《S6176‧去震》「卂　疾飛而不見，出說文」

《P3694‧入物》「鬱　說文云芳草也，釀酒以降神」

（五）用其義而更言之者，如：

《裴‧平東》「翁　烏紅反，三加二，案說文鳥頭毛也，又尊老之稱」

《P3693‧上獮》「㮡　ㄟ棗，說文酸棗別名」

《唐‧入沃》「嚳　帝嚳，說文云報急」

（六）引《說文》一曰之義者，如：

《P2014‧平[侵]》「椮　樹長，亦作槮，說文引詩椮差行菜」

《P3693‧上有》「齮　齒齮，說文老……如臼，馬八歲曰……」

《S6176‧去翰》「奐　文彩，按說文作奐，大」

《唐‧入質》「趌　竈上祭，出說文，加」

（七）補充釋義者，如：

《P2014‧平[侵]》「椮　樹長，亦作槮，說文引詩椮差行菜」

《P3693‧上獮》「㮡　ㄟ棗，說文酸棗別名」

《唐‧入昔》「碧　色也，說文石文美者，方彳反，一，加」

（八）說解連文之例，如：

《裴‧上范》「範　模也，說文ㄟ載，祭神曰載，祭訖車ㄟ而行故曰載」

二、釋　音

其釋音方式，有下列三類：

（一）引《說文》「從某某聲」者，如：

《S2055‧平魚》「[茍]　且，古厚反，二，說文從艸句聲」

《P3693‧上厚》「走　子厚反，一，說文作此走，從夭止聲」

《S6176‧去翰》「半　博縵反，五，說文從八牛聲」

《ДХ01372‧入鐸》「博　補各反，八加一，說文從十尃聲」

（二）直音者，如：

《P2011・平模》「圖　思度，說文音鄙，訓云難意，今因循作圖，非」

《裴・去絳》「憧　戀ゝ，說文音洞，意不定」

《唐・去候》「逗　ゝ留，說文音住」

（三）引反切者，如：

《S2055・平魚》「苴　履中藉草，按說文子与反」

《P3693・上獮》「窅　深目，說文一包反」

《唐・去敬》「更　易也，說文又古衡反，一」

《裴・入隔》「雙　度，說文一虢一略反」

三、釋　形

《P3693・上馬》「者　之野反，二，說文從白」

《唐・去泰》「賴　說文從剌貝，蒙也、利也，又姓、風俗通□□太守□□蓋反，九」

《唐・入質》「必　審也，說文從弋八，卑吉反，十七加七」

《裴・入緝》「立　立急反，說文從大一，七」

四、說明形體

其說明形體方式較爲多樣，計有下列八類：

（一）字頭用俗字而引《說文》說解字形者，如：

《S2071・平陽》「庄　按文作莊，側羊反，三」

《S2071・上感》「萏　菡萏、荷花，按文作藺」

《裴・去霽》「薊　草名，說文作此薊」

《裴・入屋》「曝　蒲木反，日乾，說文傍無日作暴同，六」

（二）字頭用或體而引《說文》說解字形者，如：

《S2055・平鍾》「饔　熟食，說文作此饔」

《S2055・平魚》「菹　側魚反，二，說文作此菹」

《P2014・上紙》「徙、斯□反，移ゝ，正作迻，說文作迻，今人□□止相重作徙，六　迻、同上」

《ДX01372・入鐸》「愕　驚也，五各反，九，說文作㖾」

（三）字頭與說解字形相同者，如：

《S2055・平脂》「夒 ㇏龍，俗作憂，按說文作此夒」

《P3693・上厚》「部 部，蒲口反，七，說文作此部，其一邊同者皆然」

《P3696・去送》「送 說文作送，辵倦者，蘇弄反，一」

（四）明重文者，如：

《裴・平支》「篪 說文作鷈，樂管，七孔」

《P3693・上琰》「弇 蓋益也，出說文，古文弅」

《P3696・去霽》「蜆 大蝦蟆，說文或蜦，蚖屬、黑色、潛神淵、能興雲雨」

《S2071・入昔》「役 營隻反，案文作伇，六」

（五）說解連文者，如：

《S2055・平東》「藭 渠隆反，三，營藭也，按說文作此營」

（六）明古今字者，如：

《S2055・平江》「狵 犬，今說文單作」

《裴・去凍》「眾 之仲反，多，又之融反，說文從三人，眾立，一」

《裴・去線》「倦 渠卷反，二，疲也，說文作券同」

《唐・入合》「合 ㇏ 集，又音迨，說文作敆、會」

（七）明通用者，如：

《S2055・平之》「怡 按說文又有此嬰，悅樂也」

《S2055・平魚》「舁 對舉，按說文又此舉，義略同」

《P3696・去祭》「繐 疎布，又似歲，說文作繐」

（八）明假借者，如：

《S2071・平仙》「鮮 生魚，按文爲鱻」

《P3693・上巧》「佼 女字，說文作此姣，好也」

《P3694・入月》「刖 絕，說文作跀，斷足也」

《王・入薛》「竭 說文作渴，盡」

五、其 他

以下三條稱引《說文》與原文不同，而是說解字形演變與書寫方式。

《P3693・上獼》「剪 即踐反，三加一，說文 …… 爲前字，所以前下更加刀」

《P3696・去寘》「餧 食，於僞反，一，說文更無餧字，有二音」

《唐・去暮》「兔 獸名，說文云咎兔菟之類，著一點者行書」

第三節　唐五代韻書引《說文》之價值

　　本文通考唐五代韻書引《說文》凡九百餘條，其有可正今本《說文》形構、音讀、釋義之誤者，說詳見第三章。唐本《說文》去古未遠，於校勘《說文》版本不可或缺，惜今日除木部、口部二種殘卷外，已屬少見，故諸多唐代典籍引《說文》之文，正有其參考價值。以下說明唐五代韻書引《說文》之價值：

一、於《說文》研究之價值

（一）稱引《說文》全文

　　在《說文》研究領域裡，古書稱引《說文》除了訓詁作用外，還具有校勘《說文》之價值，重要著作有：《漢書顏師古注》、《文選李善注》、《經典釋文》、《一切經音義》等。然受到注疏體例限制，其引書多為部分節引，並以釋義為多，無法了解《說文》全貌。唐五代韻書引《說文》除單獨釋形、釋義外，完整稱引者亦不在少數，例如：

　　　「東　德紅反，二，按說文春方也，動也，從日，又云日在水中」
　　　「支　章移反，十，按說文云竹之枝也，從又持半竹」
　　　「司　按說文臣司事於外者也，從反后」
　　　「誘　說文相呼訹也，從厶羑聲，作二同」

以上諸條，均完整保存了唐本《說文》面目，於治《說文》者具有很大參考價值。

（二）可正補今本《說文》之誤

　　唐五代韻書成書時間在徐鉉校定《說文》之前，其中長孫訥言箋注本更比李陽冰治《說文》早七十多年，因此其稱引《說文》有其可信之處，用以是正今本，可收宏效：

1、可正今本釋義之誤者：

　　　一上・玉部「碧」字：《唐・入昔》「碧　色也，說文石文美者」，今本「石之青美者」，「青」字為後人所加，可據刪。
　　　三下・攴部「鈙」字：《唐・去沁》「鈙　說文云持止，亦作撳」，今本「持也」脫去「止」字，可據補。
　　　五上・皿部「盞」字：《唐・入質》「盞　拭器也，出說文也，加」，今本「械器」，「械」當為「拭」之形誤，可據正。
　　　十一上・水部「洚」字：《S2055・平東》「洚　水不遵其道，一曰洚下也，出說

文」、《裴・平東》「洚　水不遵其道降下，出說文，又戶多反」，今本
作「水不遵道」，當據兩韻書補一「其」字。

十一上・水部「決」字：《裴・入屑》「決　ヽ絕，說文流行也，又水名出大別
山，從冫非」，今本「出於大別山」，「於」字爲後人所加，可據刪。

十一上・水部「汗」字：《ТIID1・去翰》「汗　熱一，說文云身之液」，今本「人
液」當作「身液」，可據正。

十一下・雨部「霅」字：《ДХ01372・入鐸》「霅　雨霅，出說文」，今本「雨零」
當作「雨霅」，可據正。

十二上・門部「閉」字：《唐・去怪》「閉　門扉，出說文，加」，今本「門扇」
當作「門扉」，可據正。

十三上・虫部「蜦」字：《P3696・去霽》「蜧　大蝦蟆，說文或蜦，蚔屬、黑色、
潛神淵、能興雲雨」，今本作「能興風雨」，當據韻書改作「雲雨」。

2、可正今本釋音之誤者：

六下・出部「賣」字：《P3696・去卦》「賣　莫解反，一，說文從出買聲」，今
本「从出从買」當作「从出買聲」，本爲形聲而誤爲會意，可據正。

九上・厶部「羑」字：《P3693・上有》「誘　說文相呼誘也，從厶羑聲，作羑二
同」，今本「从厶从羑」當作「从厶羑聲」，本爲形聲而誤爲會意，可據
正。

3、可正今本篆形之誤者：

一下・艸部「藍」字：《唐・去闞》「藍　瓜葅，出說文，加」，今本篆形誤做
「藍」，可據正。

4、可正今本釋形之誤者：

三下・支部「支」字：《S2055・平支》「支　章移反，十，按說文云竹之枝也，
從又持半竹」，今本「从手持半竹」，「手」當作又，可據正。

5、可補今本脫誤者：

《ТIID1・去圂》「骸　說文云義闕，未詳」，「骸」字今本《說文》未見，此處
言「說文云義闕」，表示唐本《說文》有骸字，其說解當爲「骸、闕」，後人未詳其
義而草率刪去此字，可據補。

（三）可證大徐本新附字

徐鉉新附之字，學者褒貶不一，唐五代韻書所引「榿」、「嵩」二字，今本《說
文》雖無，而韻書俱稱引《說文》以釋義。以此觀之，則鼎臣之新附，實有據當時

傳本《說文》而增益者。

《裴・平支》「椸　案說文衣架，又箷」，此字《說文》無，徐鉉於木部新附補入。

《S2055・平東》「嵩　息隆反，四，按說文小名，又高」，此字《說文》無，徐鉉於山部新附補入。

（四）可考小徐本與唐本之關係

論文寫作期間，以大徐本爲底本進行比勘，並以小徐本爲輔本，然韻書所引字形、釋義與今本不同之處，往往有同於小徐者，說明了小徐本在某些地方較接近於唐本。

九上・彡部「彭」字：《S2071・上靜》「彭　飾，出說文」，大徐本「清飾也」，小徐本「飾也」無「清」字與韻書同。

七下・穴部「竁」字：《裴・去祭》「竁　說文穿地，一曰小鼠聲，周礼大喪用丶也」，大徐本作「一曰小鼠」，小徐本作「一曰小鼠聲」有聲字與韻書同。

十上・火部「炭」字：《S6176・去翰》「炭　他羊反，三，說文從火屵聲」，大徐本「从火岸省聲」，小徐本作「從火屵聲」與韻書所引同。

七上・日部「昒」字：《裴・入紇》「昒　尙冥，又出爲詞，說文作曶」，大徐本篆文作「昒」，小徐本則作「曶」與韻書同。

（五）可證補段注

段玉裁《說文解字注》是治說文者不可或缺之書，其於《說文》校訂、注疏皆有重要價值，王念孫譽曰：「千七百年來無此作矣」，惟其缺失在自信過甚，有《說文》本不誤而改動者，今以唐五代韻書引《說文》參之，有可證成段注者，亦有可據以訂正者，舉例如後：

1、可證成段注之說者：

九上・頁部「頦」字：《P3693・上迥》「頦　狹頭頦丶也，出說文也」，今本作「狹頭頦」，段玉裁曰：「疑當作狹頭頦頦也」，韻書所引可證。

十上・廌部「廌」字：《裴・去霽》「廌　作見反，丶舉也，說文宅買，解丶獸，似牛一角，爲黃帝觸邪臣，三」，今本作「似山牛一角」，段玉裁曰：「各本皆作似山牛，今刪正，《玉篇》、《廣韵》及《太平御覽》引皆無山也」，韻書所引可證。

二上・口部「嘖」字：《唐・入質》「嘖　野人之言，出說文，加」，今本作「野

人言之」，段玉裁據小徐本改，韻書所引可證。

二下・辵部「逗」字：《唐・去候》「逗　丶留，說文音住」，今本「遻　不行也，從辵驕聲，讀若住」，段玉裁以爲「讀若住」三字當在「逗」字之下，韻書所引可證。

2、可改正段注之說者：

一上・｜部「中」字：《S2055・平東》「中　按說文和也，陟隆反，又陟仲反，三」，可正段玉裁改釋義作「內也」之失。

十二下・女部「中」字：《裴・去暮》「妒　當故反，嫉也，按說文婦妒夫，從女戶，俗從石通」，「妒」爲「妒」之後起俗字，段玉裁誤改篆形爲「妒」。

二、於韻書研究之價值

（一）能藉以明《切韻》系韻書之演變

所謂「前修未密，後出轉精」，學問之道如此，書籍傳承亦復如此。《切韻》由原本論南北是非、古今通塞之單純性質，經過歷代增補、刊謬補闕，成爲一部材料豐富之語文資料庫，由後代《唐韻》、《廣韻》、《集韻》觀之，其增益、變異之大，殆非法言所能思及，以「翁」字爲例，依照韻書時代先後次序爲：

《P3798・平東》「翁　烏紅反，三」

《S2055・平東》「翁　烏紅反，四，按說文頸毛也」

《王・平東》「翁　烏紅反，老父，五」

《裴・平東》「翁　烏紅反，三加二，案說文鳥頭毛也，又尊老之稱」

《P2014・平東》「翁　老兒，又鳥頭毛也，又姓，六」

《廣・平東》「翁　老稱也，亦鳥頸毛，又姓，漢書貨殖傳有翁伯販脂而傾縣邑，烏紅切，八」

《集・平東》「翁頶　烏公切，說文頸毛也，或從頁翁，一曰老稱，又姓，文十五」

以上七種韻書，從學者考定近於陸法言《切韻》原本之《P3798》號殘卷，一直到宋代《集韻》，清楚顯示切韻系韻書演變之軌跡：由單純注明音讀及同音字字數，進步到釋義之增加、又義之出現、開始稱引《說文》與《漢書・貨殖傳》、同音字數量增加……，由此可看出韻書增修之歷程。

（二）能藉以明瞭《廣韻》編輯時，對前代韻書增刪的情形

於論文寫作期間，通過唐五代韻書引《說文》與《廣韻》引《說文》之核對，

可知《廣韻》編輯時對資料有過相當增刪與去取。唐五代韻書引《說文》與《廣韻》核對之結果，呈現出以下幾種情況：

1、前代韻書引《說文》，《廣韻》仍之

　　如：《唐・入屋》「礐　說文云石聲，加」，《廣・入屋》作「礐　說文云石聲也」。

2、前代韻書引《說文》，《廣韻》逕行刪去

　　如：《裴・去清》「詗　自言長，一曰知處告言之，說文作詗」，《廣・去勁》作「詗　自言長」。

3、前代韻書引《說文》，《廣韻》有所改動

　　如：《ДХ01466・平模》「殂　枯痺也，出說文，加」，《廣・平模》作「殂　枯痺，說文枯也」，《廣韻》因之，復增加《說文》之訓釋；又如《唐・去代》「黛　眉黛，說文作黱」，《廣・去代》作「黛、眉黛　黱、上同」，《廣韻》改爲說明二字同用之關係。

　　就本文所考述諸條之結果，《廣韻》所引《說文》大體而言，仍是延續唐五代韻書而來，其中改動之處，大部分是前代韻書釋義有疑誤之處，以及依照《廣韻》本身體例，將說解字形之「說文作某」改爲「某　某、同上」或「某　某、俗」。經比較後發現，《廣韻》改動前代韻書引《說文》釋義之處，多與徐鉉奉敕校訂本《說文》相合，知其取捨時必以大徐本爲重要之參考，其後《集韻》亦同，這也是援引韻書引《說文》校勘時，必須注意之處。

第四節　唐五代韻書引《說文》之缺失

（一）抄手多有誤字、脫字、衍字

　　今存唐五代韻書多爲寫本，由於抄寫者程度不一，造成了許多錯誤，如個別字的錯誤、誤引它書、脫去字頭而與前字注文混淆……等，對考證造成了不少困難，其例有：

　　《S2055・平東》「融　餘隆反，二，和也、長也，說文氣上出也」，氣上脫一「炊」字。

　　《S2055・平脂》「䜴　按說文倉卒」，釋義涉上一字而誤。

　　《P3693・上小》「覞　自有察省見，出說文」，「自」爲「目」之形誤。

　　《P3693・上小》「擾　而沼反，三，按說文作此擾」，《廣・上小》作「擾、亂也、順也，說文作擾、煩也，而沼切，七　擾、上同」，韻書爲後人所改動。

《P3696‧去怪》「𤻲　病，蒲界反，二，說文作𤻲」，後人改釋形之字爲俗字。

《唐‧去笑》「少　□□漢複姓五氏，說文姓苑□□師氏，照反又失沼反，二」，「說文姓苑」當爲「何氏姓苑」。

《唐‧入陌》「㲉　說文云堅也，加」，字頭當作「磬」，《王‧入陌》「磬　堅」可證。

《唐‧入薛》「孽　妖孽，說文作𧍙，云衣服哥謠草木□□謂之妖，禽獸蟲蝗之怪謂之𧍙」，《裴‧入薛》作「孽、妖孽　𧍙、衣服歌謠艸木怪曰妖，禽獸虫蝗怪謂曰丶」，《唐韻》誤混二字爲一字。

（二）會意、形聲之混淆

在韻書引《說文》之中，有本會意「從某某」之後加「聲」字而誤爲形聲者，此即小徐〈袪妄篇〉所謂：「說文之學久矣，其說有不可得而詳者，通識君子所宜詳而論之。楚夏殊音，方俗異語；六書之內，形聲居多。其會意之字，學者不了，鄙近傳寫，多妄加聲字，篤論之士，所宜隱括」〔註4〕。其例有：

《P3696‧去送》「鳳　馮貢反，一，說文從几鳥聲」，「鳥」實非聲。

《S6176‧去翰》「半　博縵反，五，說文從八牛聲」，「牛」實非聲。

《唐‧入緝》「亼　說文云三合、從入一聲，合僉之類皆是，又子入反，加」，「一」實非聲。

《S2055‧平脂》「夷　按說文從弓聲，作此夷，上亦通」，「弓」實非聲。

《S2055‧平東》「風　方隆反，二，按說文從凡虫聲」，「虫」實非聲。

最後，關於論文主要研究對象—唐五代韻書，除了目前可見敦煌殘卷、故宮《王韻》、《唐韻》這些資料外，在中國與日本佛教典籍注釋，如慧琳《一切經音義》、日本源順《倭名類聚抄》、信瑞《淨土三部經音義》、中算《妙法蓮華經釋文》……等，尚保存有許多唐代諸家韻書逸文。在這些資料中也有稱引《說文》之處，雖爲二次轉引，由於時代尚早，如《妙法蓮華經釋文》即作於五代後梁末帝貞明二年（916年），仍可作爲校定《說文》之參考。今舉二例如後：

《淨土三部經音義》卷 3「妄想　韓知十云詐也，說文亂也」　韓知十見日人藤原佐世《見在書目錄》小學家類，云：「切韻五卷，韓知十撰」，《淨土三部經音義》引韓知十《切韻》，其引《說文》與今本相同。

《妙法蓮華經釋文》卷中「減少　薛峋云輕少也，說文損也」　薛峋見《廣韻》卷首，大中祥符元年六月五日重修《廣韻》敕牒：「陸法言撰本、長孫納言箋注……

〔註 4〕《說文解字繫傳通釋‧袪妄》卷 36。

薛峋增加字」，知當時有流傳薛峋增修《切韻》之著作。《妙法蓮華經釋文》引薛峋
《切韻》，其引《說文》與今本相同。

參考書目

專　著

古籍之屬

經　部

1. 《周禮》（漢）鄭玄注（唐）賈公彥疏，（清嘉慶阮元十三經注疏本，藝文印書館）。

2. 《禮記》（漢）鄭玄注（唐）孔穎達疏，（清嘉慶阮元十三經注疏本，藝文印書館）。

3. 《公羊傳》（漢）何休解詁（唐）徐彥疏，（清嘉慶阮元十三經注疏本，藝文印書館）。

4. 《爾雅》（晉）郭璞注（宋）邢昺疏，（清嘉慶阮元十三經注疏本，藝文印書館）。

5. 《廣雅疏證》（清）王念孫，（清嘉慶元年刻本，續修四庫全書）。

6. 《經籍籑詁》（清）阮元，（清嘉慶 17 年琅嬛仙館刻本，北京中華書局）。

7. 《說文解字》（大徐本）（漢）許慎著（宋）徐鉉校定。
上海涵芬樓影日本岩崎氏靜嘉堂宋刊本，四部善本叢書初編，台灣商務印書館。
清同治 12 年番禺陳昌治據孫星衍平津館改刻一篆一行本，香港中華書局。
清光緒 12 年吳縣朱記榮翻刻孫星衍平津館本，世界書局。

8. 《說文解字注》（漢）許慎著（清）段玉裁注，（清經韵樓刻本，書銘出版公司）。

9. 《說文解字繫傳通釋》（小徐本）（南唐）徐鍇。
上海商務印書館印常熟瞿氏藏殘宋本，四部叢刊初編，台灣商務印書館。
清道光 19 年祁寯藻刊本，文海出版社。

10. 《說文通訓定聲》（通訓定聲）（清）朱駿聲，（清道光 28 年朱氏臨嘯閣本，武漢市古籍書店）。

11. 《說文釋例》（釋例）（清）王筠，（清道光 30 年刻本，北京中華書局）。

12. 《說文句讀》（句讀）（清）王筠，（清道光 30 年刻本，北京中華書局）。

13. 《說文義證》（義證）（清）桂馥，（清咸豐 2 年楊墨林刻連筠簃叢書本，齊魯書社）。

14. 《唐寫本說文解字木部箋異》（清）莫友芝，（清同治刻本，四庫善本叢書初編，藝文印書館）。

15. 《說文古本考》（古本考）（清）沈濤，（清光緒 13 年滂喜齋刻本，續修四庫全書）。

16. 《原本玉篇》（南朝梁）顧野王，（北京中華書局）。

17. 《大廣益會玉篇》（玉篇）（宋）陳彭年等，（元建安鄭氏刊本，新興書局）。

18. 《干祿字書》（唐）顏元孫，（明夷門廣牘石拓刻本，叢書集成簡編，台灣商務印書館）。

19. 《五經文字》（唐）張參，（清後知不足齋叢書本，叢書集成簡編，台灣商務印書館）。

20. 《新加九經字樣》（唐）玄度，（清後知不足齋叢書本，叢書集成新編 35，新文豐出版公司）。

21. 《龍龕手鏡》（龍龕）（遼）釋行均，（高麗本補配四部叢刊續編本，北京中華書局）。

22. 《廣韻》（廣）（宋）程彭年等，（清康熙 43 年張士俊澤存堂影宋刊本，黎明文化公司）。

23. 《集韻》（集）（宋）丁度等，（清錢曾述古堂影宋鈔本，學海出版社）。

24. 《古今韻會舉要》（韻會）（元）黃公紹編輯（元）熊忠舉要，（清光緒 9 年淮南書局重刊本，日本京都中文出版社）。

史　部

1. 《漢書》（東漢）班固，（北京中華書局標點本）。

2. 《三國志》（晉）陳壽，（北京中華書局標點本）。

3. 《後漢書》（南朝宋）范曄，（北京中華書局標點本）。

4. 《魏書》（北齊）魏收，（北京中華書局標點本）。

5. 《北齊書》（唐）李百藥，（北京中華書局標點本）。

6. 《周書》（唐）令狐德棻，（北京中華書局標點本）。

7. 《新唐書》（宋）歐陽修、宋祁，（北京中華書局標點本）。

8. 《唐六典》（唐）李林甫等，（北京中華書局標點本）。

子　部

1. 《顏氏家訓》（北齊）顏之推，（清盧文弨抱經堂校本，中國子學名著集成編印基金會）。

2. 《封氏聞見記》（唐）封演，（清雅雨堂叢書本，叢書集成新編 11，新文豐出版公司）。

3. 《太平御覽》（宋）李昉等編，（涵芬樓影宋本，北京中華書局）。

集　部

1. 《文選》（梁）蕭統編（唐）李善注，（清嘉慶 14 年胡克家刻本，華正書局）。

文字聲韻之屬

總　論

1. 《王國維遺書》（10 冊），（上海書店出版社（1936）1983 年 9 月）。

2. 《問學集》（2 冊），周祖謨，（北京中華書局，1966 年 1 月）。

3. 《高明小學論叢》，高明，（黎明文化事業公司，民國 69 年 9 月再版）。

4. 《中國學術名著提要・語言文字卷》，胡裕樹主編，（復旦大學出版社，1995 年 6 月）。

文　字

1. 《中國文字學史》，胡樸安，（台灣商務印書館（1925）1992 年 9 月）。

2. 《說文段注指例》，呂景先，（正中書局（1946）1992 年 12 月）。

3. 《原本玉篇引述唐以前舊本說文考異》，沈壹農，（政大中研所碩士論文，民國 76 年 5 月，陳新雄指導）。

4. 《慧琳一切經音義引說文考》，陳光憲，（中國文化學院中研所碩士論文，民國 59 年 6 月，高明指導）。

5. 《玉篇零卷引說文考》，曾忠華，（台灣商務印書館，民國 59 年 7 月）。

6. 《經典釋文引說文考》，李威熊，（政大中研所碩士論文，民國 60 年 6 月，高明指導）。

7. 《唐類書引說文考》，劉建鷗，（黎明文化事業公司，1982 年 10 月）。

8. 《字鑑引說文考》，李義活，（文化中研所碩士論文，民國 72 年 1 月，陳新雄指導）。

9. 《說文入門》，賴惟勤監修、說文會編，（大修館書店（1983）1996 年 9 月 6 版）。

10. 《六書故引說文考異》，韓相雲，（師大中研所碩士論文，民國 75 年 5 月，許師錟輝指導）。

11. 《文選李善注引說文考異》，郭景星，（南京出版公司，1989 年 6 月）。

12. 《中國古代語言學資料匯纂・訓詁學分冊》，張斌、許威漢主編，（福建人民出版社，1993 年 10 月）。

13. 《中國古代語言學資料匯纂・文字學分冊》，張斌、許威漢主編，（福建人民出版社，1993 年 12 月）。

14. 《敦煌寫本碎金研究》，朱鳳玉，（文津出版社，1997 年 5 月）。

15. 《說文今讀暨五家通檢》，李行杰主編，（齊魯書社，1997 年 6 月）。

16. 《中國文字學書目考錄》，劉志成，（巴蜀書社，1997 年 8 月）。

17. 《說文解字詁林正補合編》（詁林），丁福保，（鼎文書局，1997 年 9 月 4 版）。

18. 《「說文學」源流考略》，張其昀，（貴州人民出版社，1998 年 1 月）。

19. 《中國語言文字學史料學》，高小方，（南京大學出版社，1998 年 3 月）。

20. 《說文段注研究》，余行達，（巴蜀書社，1998 年 6 月）。

21. 《文字學簡編‧基礎篇》，許師錟輝，（萬卷樓圖書公司，1999 年 3 月）。

22. 《原本玉篇引說文研究》，王紫瑩，（中央中研所碩士論文，1999 年 5 月，許師
    錟輝指導）。

23. 《說文漢字體系研究法》，宋永培，（廣西教育出版社，1999 年 8 月）。

24. 《說文小篆研究》，趙平安，（廣西教育出版社，1999 年 8 月）。

聲 韻

1. 《唐寫本唐韻殘卷校勘記》（唐校）（清）王國維，（《王國維遺書》冊 5，上海書
   店出版社（1936）1983 年 9 月）。

2. 《唐韻佚文》（唐佚）（清）王國維，（《王國維遺書》冊 5，上海書店出版社（1936）
   1983 年 9 月）。

3. 《十韻彙編》，劉復，（臺灣學生書局（1936）民國 73 年 3 月 4 版）。

4. 《廣韻校勘記》，周祖謨，（中央研究院歷史語言研究所專刊 16（1938）民國 82
   年 4 月）。

5. 《唐寫全本王仁昫刊謬補缺切韻校箋》，龍宇純，（香港中文大學，1968 年 9 月）。

6. 《切韻殘卷諸本補正》（補正），上田正，《東洋學文獻セツター叢刊》第 19 輯，
   （日本東京大學東洋文化研究所附屬東洋學文獻セツター，1973 年 3 月）。

7. 《瀛涯敦煌韻輯新編》（新編），潘重規，（文史哲出版社，民國 63 年 4 月臺初
   版）。

8. 《中國聲韻學通論》，林尹著、林炯陽注釋，（黎明文化事業公司（1982）民國
   82 年 8 月）。

9. 《唐五代韻書集存》（集存），周祖謨。
   北京中華書局，1983 年 7 月 1 版。
   臺灣學生書局（1983）民國 83 年 4 月臺 1 版。

10. 敦煌書法叢刊第 2 卷‧韻書，二玄社，1984 年 4 月。

11. 《聲韻學》，竺家寧，五南圖書出版公司，民國 82 年 11 月 2 版。

12. 《切韻系韻書傳本及其重紐之研究》，陳貴麟，（台灣大學中研所博士論文，1997
    年 12 月，龔煌城指導）。

文獻之屬

1. 《校勘學釋例》，陳垣，（上海書店出版社（1959）1997 年 7 月）。

2. 《隋唐歷史文獻集釋》，吳楓，（中州古籍出版社，1987 年 9 月）。

3. 《中國古籍善本書目・經部》，（中國古籍善本書目編輯委員會編，上海古籍出版社，1989 年 10 月）。

4. 《文獻語言材料的鑒別與應用》，朱承平，（江西高校出版社，1991 年 10 月）。

5. 《文獻學辭典》，趙國璋、潘樹廣主編，（江西教育出版社，1991 年 1 月）。

6. 《古籍異文研究》，王彥坤，（萬卷樓圖書公司（1993）民國 85 年 1 月）。

7. 《古佚書輯本目錄》（附考證），孫啓治、陳建華編，（北京中華書局，1997 年 8 月）。

8. 《學術論文寫作指引》，林慶彰，（萬卷樓圖書公司（1996）民國 87 年 5 月）。

9. 《敦煌遺書總目索引》，王重民，（源流文化事業公司，1982 年 6 月）。

10. 《英藏敦煌文獻》（8 冊），（上海古籍出版社，1990 年 9 月）。

11. 《俄藏敦煌文獻》（10 冊），（上海古籍出版社，1992 年 12 月）。

12. 《法藏敦煌西域文獻》（8 冊），（上海古籍出版社，1995 年 10 月）。

13. 《敦煌俗字研究》，張涌泉，（上海教育出版社，1996 年 12 月）。

14. 《俄藏敦煌漢文寫卷敘錄》（2 冊），孟列夫主編，袁席箴、陳華平譯，（上海古籍出版社，1999 年 7 月）。

期刊論文

文字聲韻之屬

1. 〈李善文選注引說文考〉，李達良，（《香港中文大學聯合書院學報》，第 4 期），頁 2～103，1965 年。

2. 〈李善文選注引說文校記〉，李達良，（《香港中文大學聯合書院學報》，第 9 期，頁 39～48，1971 年）。

3. 〈玉篇引說文考異〉，朱學瓊，（《國立編譯館館刊》，第 3 卷第 2 期），頁 89～132，1974 年 12 月。

4. 〈說文解字傳本考〉，高明，（《東海學報》，第 16 卷，1975 年 6 月），頁 1～19。

5. 〈廣韻引說文考〉，曾忠華，（《國文學報》，第 5 期，1976 年 6 月），頁 23～45。

6. 〈說文解字傳本續考〉，高明，（《東海學報》，第 18 卷，1977 年 6 月），頁 1～24。

7. 〈ソ連にある切韻殘卷について〉，上田正，（《東方學》第 62 輯，1981 年 7 月），頁 55～65。

8. 〈切韻殘卷 S.2055 所引之說文淺析〉，劉燕文，（《1983 年全國敦煌學術討論會

文集・文史遺書編下》，1983 年），頁 320～333。

9. 〈清代關於大徐本說文的版本校勘〉，趙麗明，（《說文解字研究》第 1 輯，1991 年 8 月），頁 374～384。

10. 〈慧琳音義與說文的校勘〉，施俊民，（《辭書研究》，1992 年第 1 期（總第 71 期），1992 年 1 月），頁 109～116。

11. 〈魏晉隋唐字典編纂理論概觀〉，丰逢奉，（《辭書研究》，1992 年第 3 期（總第 73 期）1992 年 5 月），頁 96～108，。

12. 〈中國辭書編纂奠基期——兩漢魏晉南北朝〉，王化鵬、林玉山，（《辭書研究》，1992 年第 6 期（總第 76 期），1992 年 11 月），頁 113～120。

13. 〈漢書顏注引證說文述評〉，班吉慶，（《揚州師院學報》（社會科學版），1994 年第 3 期，1992 年 11 月），頁 112～120。

14. 〈敦煌文獻與唐代字樣學，鄭阿財，（《第 6 屆中國文字學全國學術研討會論文集》，1995 年 9 月〉，頁 255～278。

15. 〈說文的流傳與校定〉，羅會同，（《寶雞文理學院學報》（人文社會科學版），1997 年第 1 期（總第 60 期），1997 年 3 月），頁 65～67。

16. 〈「許學」之稱始于盛唐說〉，馬國強、張明海，（《黃淮學刊》，1997 年第 2 期（總第 45 期），1997 年 6 月），頁 110。

17. 〈說文解字的版本與注本〉，蘇鐵戈，（《古籍整理研究學刊》，1997 年第 4 期（總第 68 期），1997 年 7 月），頁 43～45 轉頁 15。

文獻之屬

1. 〈敦煌卷子俗寫文字之整理與發展〉，潘重規，（《敦煌學》，第 17 輯，頁 1～10，1991 年 9 月）。

2. 〈敦煌寫本整理應遵循的原則〉，黃征，（《敦煌研究》，1993 年第 2 期（總第 35 期），1993 年 5 月），頁 101～108。

3. 〈論唐代敦煌寫本中的俗字〉，郝茂，（《新疆師範大學學報》（哲學社會科學版），1996 年第 1 期（總第 50 期），1996 年 2 月），頁 35～44。

附錄一：唐五代韻書引《說文》字表

　　據筆者整理，唐五代韻書引《說文》合計共引 933 條，實際稱引凡 809 字，約佔《說文》原書數目 8%（以 9353 字計算）；與今本全同者計 292 條，比率爲 31%。詳細統計數字，依卷次表列如下：

說文卷次	實引字數	條　數	同今本	說文卷次	實引字數	條　數	同今本
一上	14	14	6	一下	35	41	14
二上	38	41	13	二下	25	33	9
三上	35	40	9	三下	25	27	10
四上	35	44	14	四下	25	33	12
五上	32	36	10	五下	26	29	10
六上	20	25	7	六下	16	18	4
七上	22	25	6	七下	26	31	11
八上	25	28	14	八下	16	20	14
九上	33	39	7	九下	38	46	12
十上	48	50	14	十下	36	47	25
十一上	39	48	20	十一下	21	24	6
十二上	24	27	9	十二下	36	40	14
十三上	23	26	5	十三下	23	24	9
十四上	15	28	3	十四下	19	19	5
其　他	29	30		總　計	809	933	292

　　以下為唐五代韻書引《說文》字表，依十四部卷次排列，首列字形，其次韻書出處，其次說文部首，以利查考。十四篇後立「其他」一類，收錄諸條目皆為韻書稱引《說文》而未見於今本者，依第三章考釋次第排列，先列韻書字頭，其次韻書出處。

第一上

祜	唐・入沃	示
祐	唐・入昔	
禍	P3693・上哿 〔註1〕	
玉	唐・入屋	玉
珛	唐・去宥	
瓏	裴・平鍾	
玩	唐・去換	
碧	唐・入昔	
玓	唐・入錫	
珊	TID1015・平[寒]	
瑾	唐・入屋	珏
輇	P3696・去[霽]	士
中	S2055・平東	｜
㞢	P3693・上獼	

第一下

莊	S2071・平陽	艸
苽	P3693・上哿	
藿	ДХ01372・入鐸	
蔚	S2055・平東	
薤	S2055・平支	
莨	S2071・平陽	

薊	P3696・去[霽] 裴・去霽	
萑	S2055・平脂	
蕆	唐・去怪	
薜	P3696・去卦	
茈	S2055・平脂 裴・平脂	
藺	S2071・上感	
蒲	P3693・上厚	
葚	P3693・上寢	
葵	S2055・平脂 裴・平脂	
蓨	S2055・平支 裴・平支	
蓫	唐・去宥	
茲	S2055・平之	
蕡	S2055・平脂	
落	ДХ01372・入鐸	
莱	唐・去隊	
藥	唐・入藥	
萉	S2055・平魚	
灆	唐・去闞	
莜	唐・去嘯	

蓳	S2055・平支 〔註2〕	
苴	S2055・平魚	
萎	S2055・平支 裴・平支	
蒜	裴・去翰	
苟	P3693・上厚 〔註3〕	
蒙	S2055・平東	
范	P3696・上范 裴・上范	
蓬	P2018・平東	
薅	P2014・平豪	蓐
莫	唐・入鐸	茻

第二上

尖	唐・入薛	小
尒	P2014・上[紙]	
兆	P3693・上小	
公	S2055・平東	八
必	唐・入質	
余	S2055・平魚	
宷	P3693・上寢	采
悉	唐・入質	
半	S6176・去翰	半

嚳	唐・入沃	告	
噫	唐・入職	口	
嘖	唐・入質		
命	唐・去敬		
咨	S2055・平脂		
昌	唐・入緝		
啻	裴・去至		
咈	P3694・入物		
嚇	唐・入陌		
各	ДХ01372・入鐸		
否	P3693・上有		
唁	裴・去線		
啾	唐・入屋		
吞	唐・入鎋		
台	P3693・上獮		
罘	ДХ01372・入鐸		
走	P3693・上厚	走	
赳	P3693・上黝		
趄	S2055・平支		
	裴・平支		
越	S2055・平脂		
	裴・平脂		
趑	唐・去漾		
趨	S6013・入職		
	〔註4〕		
	唐・入職		
趏	王・平支		
趨	唐・入術		

趣	P3696・去祭		
趁	唐・去遇		
趣	唐・入質		
峙	王・平先	止	
歲	P3696・去祭	步	

第二下

辵	唐・入藥	辵	
達	P3694・入質		
	唐・入質		
遺	S6176・去翰		
迁	裴・去樣		
遣	ДХ01372・入鐸		
	唐・入鐸		
逃	P3694・入末		
	唐・入末		
述	P2014・上紙		
送	P3696・去送		
	裴・去凍		
遣	P3693・上獮		
遲	S2055・平脂		
逗	P2011・去候		
	裴・去候		
	唐・去候		
透	S2055・平支		
追	S2055・平脂		
彳	唐・入昔	彳	
復	裴・去宥		

衛	P2018・平多	行	
䶩	P3693・上有	齒	
跪	P2015・平齊	足	
筐	唐・入屋		
躍	ДХ01372・入藥		
	唐・入藥		
䟗	P3694・入月		
龠	唐・入藥	龠	
籥	S2055・平支		
	裴・平支		
龤	裴・平支		

第三上

矞	P3694・入質	冏	
	唐・入術		
糾	P3693・上黝	丩	
博	ДХ01372・入鐸	十	
廿	唐・入緝		
計	唐・入緝		
卅	唐・入合	卅	
訣	唐・去敬	言	
諢	S2055・平脂		
	裴・平脂		
論	王・平魂		
訊	S6176・去震		
諚	P3693・上琰		
	裴・上广		

諫　唐・入燭

諗　P3693・上寢

詒　唐・入合

警　P3693・上梗

詷　P3696・去送

詐　ДX01372・入鐸

譺　唐・去怪

詙　P3693・上小

誣　唐・去暮

誎　唐・入術

誧　裴・去清

善　P3693・上獮　　詿

童　P2017・平東　　辛
　　裴・平東

業　裴・入業　　　举
　　P2014・入業

對　唐・去隊

僕　裴・入屋　　　業

奐　S6176・去翰　　廾

弈　P3693・上琰

弄　P3696・去送

龔　S2055・平冬

舁　S2055・平魚　　舁

興　S2071・平蒸

農　S2055・平冬　　晨

爨　S6176・去翰　　釁

第三下

革　裴・入隔　　　革

韐　唐・去證　　　鬲

融　S2055・平東
　　裴・平東

蔽　TⅡD1・去圜

鬣　P3693・上巧　　彌

鬻　唐・入藥

鬥　P3693・上黝　　鬥

燮　唐・入帖　　　又

支　S2055・平支　　支
　　裴・平支

隸　P3696・去霽　　隶

段　S6176・去翰　　殳

役　S2071・入昔

皰　裴・去教　　　皮

敊　唐・去遇　　　攴

整　P3693・上靜

更　唐・去敬

敆　唐・入合

敶　S6176・去震

敝　唐・入末

敗　P3696・去夬

敫　唐・去換

敜　唐・入帖〔註5〕

敲　唐・入覺

鈙　唐・去沁

牧　唐・入屋

爾　P2014・上紙　　爻爻

第四上

夐　唐・去霰　　　夏

宵　P3693・上獮　　目

瞟　P3693・上小

睢　S2055・平支
　　裴・平支

看　S6176・去看

瞥　唐・入薛

蔑　唐・入屑

瞬　S6176・去震

𥄒　P3694・入月　　盾
　　〔註6〕

者　P3693・上馬　　白

智　P3696・去送

奭　唐・入昔　　　百

鳩　S2071・平尤　　鼻

翰　S6176・去翰　　羽

翦　P3693・上獮
　　〔註7〕

翁　S2055・平東
　　裴・平東

羿　唐・去霽

隹　S2055・平脂　　隹
　　裴・平脂

雗　S6176・去翰

奮　S6176・去問　　奞
　　裴・去問

雔　裴・入隔　　　雔

字	出處	部首
蔑	唐·入屑	苜
苜	P3694·入末	个
	唐·入末	
牽	P3694·入末	羊
羑	S2071·上有	
	P3693·上有	
	裴·上有	
瞿	ДХ01372·入藥	瞿
	裴·入藥	
	唐·入藥	
雙	S2055·平江	雔
鳥	P3693·上篠	鳥
鳳	P3696·去送	
鷫	裴·入屋	
鶴	ДХ01372·入鐸	
鵠	唐·入鐇	
鷐	S6176·去震	
烏	S2055·平魚	烏
焉	P2014·平仙	

第四下

字	出處	部首
幼	唐·去幼	幺
叡	ДХ01372·入鐸	叕
毅	P3696·去祭	
殣	裴·去震	歺
殯	唐·去暮	
殂	ДХ01466·平模	

字	出處	部首
欼	裴·去至	死
髀	裴·去泰	骨
肌	S2055·平支	肉
膫	S6176·去嘆	
	唐·去笑	
胥	S2055·平魚	
脂	S2055·平脂	
	裴·平脂	
脤	唐·去闞	
	唐·去陷	
筋	王·平殷	筋
剡	P3693·上琰	刀
	裴·上琰	
初	S2055·平魚	
前	P3693·上獮	
切	P3696·去霽〔註8〕	
	唐·去霽	
	唐·入屑	
劂	S2071·入薛	
	唐·入薛	
剝	P3693·上小	
刺	唐·入物	
罰	裴·入月	
券	S6176·去願	
觴	P3696·去寘	角
	裴·去寘	
艭	裴·去廢	

第五上

字	出處	部首
筱	P3693·上篠	竹
等	P3693·上等	
笵	P3696·上范	
籋	唐·入葉	
笘	P3799·入帖	
笪	唐·去翰	
箭	唐·入覺	
籆	唐·去代	
簿	唐·入鐸	
箕	唐·去翰	
笑	唐·去笑	
箕	S2055·平之	箕
巧	P3693·上巧	工
甚	P3693·上寢	甘
義	S2055·平支	兮
壴	唐·去遇	豈
尌	唐·去遇	
鼕	S2071·入合	鼓
	唐·入合	
豔	唐·入質	豐
豐	S2055·平東	豐
豔	裴·去艷	
虐	唐·入屋	虍
虎	S2071·上姥	虎
魽	唐·入錫	
贊	P3693·上銑	虤
盧	S2055·平脂	皿

盤　唐·入質

盂　S6176·去箇

　　裴·去箇

　　唐·去箇

益　王·入質

　　王·入昔

蟲　S2055·平東

盧　唐·入盍

衊　唐·入屑　　血

第五下

井　P3693·上靜　井

鬱　P3694·入物　㭫

　　唐·入物

飪　P3693·上寑　食

饔　S2055·平鍾

　　裴·平鍾

餈　S2055·平脂

䭀　唐·入質

館　S6176·去翰

餧　P3696·去寘

餟　唐·入薛〔註9〕

　　P5531·入薛

亼　唐·入緝　　亼

缸　S2055·平江　缶

罄　唐·去霽

就　唐·去宥　　京

厚　P3693·上厚　旱

亯　P3693·上寑　亯

稟　P3693·上寑

㐭　P2011·平模

麥　S2071·入麥　麥

麮　P3693·上哿

麪　唐·去霰

畟　唐·入職　　夊

夔　S2055·平脂

韤　唐·入鐸　　舛

韎　裴·入月　　韋

韏　唐·去線

久　P3693·上有　久

第六上

梗　P3693·上梗　木

棃　S2055·平脂

㮉　P3693·上獮

㭨　P3694·入末

果　P3693·上哿

梃　P3693·上迥

槮　P2014·平侵

杳　P3693·上篠

構　唐·去候

檳　S2055·平脂

　　裴·平脂

楣　S2055·平脂

　　裴·平脂

枹　P3694·入物

椎　S2055·平脂

檮　P3693·上晧

械　P3696·去怪

　　裴·去界

櫳　裴·平東

枊　唐·入狎

樟　ДX01372·入鐸

橀　裴·平支

東　S2055·平東　東

　　P2017·平東

　　裴·平東

第六下

叒　裴·入藥　叒

之　裴·平之　之

賣　P3696·去卦　出

　　裴·去懈

㜷　S2071·入屑

丰　S2055·平鍾　生

圖　P2011·平模　口

圍　唐·入昔

貟　唐·入德　貝

賴　唐·去泰

負　P3693·上有

贅　P3696·去祭

責　裴·入隔

邨　S2055·平支　邑

酆　S2055·平東

部　P3693·上厚

郲　S2071·入質

　　裴·入質

第七上

吻 P3694・入沒　日
　裴・入紇
煬 S2071・平陽
晏 唐・去諫
蓍 唐・去霰
曄 S2071・入盍
爇 裴・入沓
曝 裴・入屋
曉 P3693・上篠
參 P2014・平[侵]　晶
期 S2055・平之　月
夢 P3696・去送　夕
外 裴・去泰
齏 ДХ01466・平[齊]　齊
棗 P3693・上晧　束
版 S2071・上潸　片
鼎 P3693・上迥　鼎
鼐 裴・去代
秫 裴・入質　禾
移 S2055・平支
　裴・平支
秙 S2071・入昔
　唐・入昔
兼 裴・去桥　秝
粲 唐・入曷　米

第七下

扠 P3696・去寘　祕
韭 P3693・上有　韭
　裴・上有
鬟 P3696・去隊
饐 P3696・去怪
　裴・去界
竁 S2055・平之　宀
宭 S2071・平青
　〔註10〕
定 唐・去徑
宓 唐・入質
宜 S2055・平支
宎 唐・去宥
窮 S2055・平東　呂
窻 S2055・平江　穴
穵 唐・入黠
窌 唐・去効
竂 唐・去嘯
窺 S2055・平支
突 唐・入沒
竄 P3696・去祭
　裴・去祭
癠 P3696・去送　癠
　裴・去凍
癘 P3693・上寑
　P3693・上寑
瘟 S6176・去震　广
　〔註11〕

冃 P3693・上獮　冃
冑 P3694・去宥
最 裴・去泰
兩 S2071・上養　顯
㡀 P3696・去祭　俞

第八上

保 P3693・上晧　人
伃 S2055・平魚
仫 裴・平鍾
　P2018・平冬
儑 唐・入葉
倞 唐・去敬
倗 P3694・去嶝
侳 唐・去過
佮 S2071・入合
　唐・入合
倓 P3693・上獮
偄 S6176・去翰
僞 S6176・去[願]
佻 P3693・上小
偆 P3693・上獮
儔 裴・平衡
佗 唐・入鐸
仳 P3693・上晧　七
民 TⅡD1・去恨
众 裴・去凍　众
禱 唐・去号　衣

袤 S2055・平東
　裴・平東
製 P3696・去祭
裘 S2071・平尤
老 P3693・上晧　　老
薹 裴・去号
壽 P3693・上有

第八下

兒 S2055・平支　　儿
禿 唐・入屋　　禿
尋 S6013・入德　　見
　唐・入德
覍 P3693・上小
覡 P3693・上琰
覵 S6176・去襉
覾 唐・去笑
覩 唐・入錫
歘 唐・入燭　　欠
歟 S2055・平魚
　唐・去勁
歐 P3693・上有
　裴・上有
歇 S6176・去嘯
　唐・去嘯
歿 P3694・入沒
　唐・入沒
欨 唐・入屋
歜 P3693・上寢　　歙

第九上

頁 唐・入鐸　　頁
顡 裴・去願
顧 裴・平覃
領 P3693・上靜
鴟 唐・入覺
頛 P3696・去怪
　唐・去怪
頣 P3693・上迥
頓 S6176・去慁
　唐・去慁
頯 P3693・上獮
顊 P3693・上獮
頨 裴・去霰
頺 唐・去泰
面 唐・去線　　面
　TⅡD1・去線
首 P3693・上有　　首
須 S2055・平支　　須
頠 S2055・平脂
彭 S2071・上靜　　彡
髪 唐・入月　　髟
髦 P3693・上哿
鬌 唐・去宥
鬤 唐・去霽
鬄 唐・入昔
髻 唐・去怪

鬄 唐・入錫
　唐・入昔
后 裴・上厚　　后
吼 P3693・上厚
　裴・上厚
司 S2055・平之　　司
卮 S2055・平支　　卮
　裴・平支
尃 P3693・上獼
厄 P3693・上巧　　卩
卷 P2014・平宣
魅 裴・去志　　鬼
厶 P3693・上有　　厶

第九下

巖 S2071・入屑　　山
嶂 ДX01372・入鐸
岨 S2055・平魚
密 唐・入質
嵞 唐・入遇
嵩 S2055・平東
廦 唐・入昔　　广
廡 S2055・平東
　裴・平東
庿 唐・入昔
厏 S2055・平江　　厂
厴 王・去豔
厬 P2011・去願　　丸
　王・去願

礦	P3693・上梗	石
碝	P3693・上獮	
䂬	S2055・平鍾	
	裴・平鍾	
硋	唐・入陌	
礐	唐・入屋	
磿	唐・入錫	
礊	裴・入格	
	唐・入陌	
䃺	裴・去箇	
䃼	唐・入藥	
礪	P3696・去祭	
而	S2055・平之	而
耏	S2055・平之	
	王・平之	
豰	唐・入覺	豕
𧱹	裴・平支	
豠	S2055・平魚	
豦	S2055・平魚	
豙	裴・去志	
彖	S6176・去翰	彑
𧱚	P3696・去祭	豚
	唐・去祭	
𧳜	P2018・平冬	豸
貀	S2071・入黠	
	唐・入黠	
貉	ДX01372・入鐸	
	裴・入鐸	
貁	裴・去宥	
兕	S2071・上旨	兕
豫	唐・去御	象

第十上

馬	S2071・上馬	馬
	P2659・上馬	
駓	S2055・平脂	
驔	P3693・上忝	
駬	唐・入葉	
颿	裴・平凡	
驅	裴・去遇	
廌	裴・去霰	廌
灋	裴・入乏	
麗	P3696・去霽	鹿
兔	唐・去暮	兔
逸	唐・入質	
毚	唐・入陌	
尨	S2055・平江	犬
獫	P3693・上琰	
狊	唐・入錫	
獖	唐・去線	
狧	唐・入合	
犮	P3694・入末	
獨	裴・入屋	
𤞞	唐・入屋	
獮	P3693・上獮	
猘	P3696・去祭	
獻	S6176・去願	
玃	ДX01372・入藥	

狙	S2055・平魚	
獄	唐・入燭	㹜
鼫	唐・入昔	鼠
鼶	唐・入麥	
鼩	唐・入錫	
鼲	ДX01466・平模	
熚	唐・入質	火
煦	唐・去遇	
爨	唐・去翰	
	TⅡD1・去翰	
炭	S6176・去翰	
齌	ДX01466・平齊	
熹	S2055・平之	
熩	唐・入沃	
爤	裴・去翰	
尉	裴・去未	
烕	唐・入薛	
爟	S6176・去翰	
㷭	S2055・平鍾	
熙	S2055・平之	
燄	P3693・上琰〔註12〕	炎
粦	S6176・去震	
䵣	唐・入曷	黑
黱	唐・去代	
䵝	唐・入屋	

第十下

囪	S2055·平江	囪
炙	唐·去禡	炙
	唐·入昔	
赤	裴·入昔	赤
夶	P3694·入物	大
	唐·入物	
夷	S2055·平脂	
亦	唐·入昔	亦
大	唐·入職	大
夨	S2071·入屑	
奚	唐·入屑	
幸	P3693·上耿	夭
燏	P3694·入沒	尢
	唐·入沒	
旭	S6176·去嘆	
睪	P2015·入葉	夲
	唐·入葉	
奉	P3694·入物	卒
	唐·入物	
夰	P3696·去怪	夰
	裴·去界	
昦	P3693·上晧	
	P3693·上晧	
癸	唐·去宕	大
立	裴·入緝	立
靖	S2071·上靜	
	P3693·上[靜]	

囟	S6176·去震	囟
恖	S2055·平之	思
懇	唐·入覺	心
憲	S6176·去[願]	
戁	P3693·上獮	
塞	S6013·入[德]	
	裴·入德	
	唐·入德	
愌	唐·去換	
窸	ДХ01372·入鐸	
惕	唐·入薛	
辡	P3693·上獮	
懝	唐·去代	
憧	裴·去絳	
懲	S2055·平脂	
	裴·平脂	
惄	唐·入錫	
愳	S6176·去遇	
慈	S2055·平之	
愇	P3696·去怪	

第十一上

沮	S2055·平魚	水
潐	唐·去卦	
泂	P3696·去[霽]	
澤	唐·入鐸	
濕	裴·入沓	
淚	唐·去怪	

渫	唐·入葉	
湑	S2055·平魚	
湝	P3693·上智	
洍	P3693·上厚	
澤	S2055·平東	
	裴·平東	
	P2018·平冬	
衍	P3693·上獮	
濱	S6176·去震	
汭	P3696·去祭	
演	P3693·上獮	
活	P3694·入末	
減	S6013·入[職]	
	唐·入職	
況	唐·去漾	
	唐·去漾	
洞	P3696·去送	
	裴·去凍	
淑	裴·入屋	
溷	S6176·去慁	
澮	唐·入緝	
湝	P3693·上[靜]	
涅	唐·入屑	
汥	S2055·平支	
滎	P3693·上巧	
決	裴·入屑	
澨	P3696·去祭	
	裴·去祭	

瀸 唐·去敬

砅 P3696·去祭

潗 唐·入緝

濜 ДX01267·上獮

渴 S2071·入薛

　王·入薛

　唐·入薛

　唐·入薛

浚 P3693·上有

浚 S6176·去震

潗 唐·入緝

灛 P2014·平鹽

汗 TⅡD1·去翰

泮 S6176·去翰

第十一下

く P3693·上銑　く

辰 P3696·去卦　辰

覞 唐·入錫

　唐·入麥

冶 P3693·上馬　冫

滄 唐·去漾

汱 唐·入月

霅 唐·入葉　雨

電 唐·去霰

零 ДX01372·入鐸

　唐·入鐸

霖 P3693·上琰

靁 ДX01466·平齊

鱃 P3693·上智　魚

鮞 S2055·平之

鮚 S2071·入盍

鮨 S2055·平脂

　裴·平脂

鮑 P3693·上巧

魶 P3693·上耿

鮚 唐·入質

鱻 S2071·平仙

燕 P2011·去霰　燕

卂 S6176·去震　卂

第十二上

開 唐·去線　門

閉 唐·去怪

閤 唐·入盍

闉 P3693·上獮
〔註13〕

閡 唐·去代

閘 唐·入狎

闞 唐·去漾

閡 裴·去代

閻 P3693·上琰

　裴·上广

耿 P3693·上耿　耳

職 ДX01372·入職

臣 S2055·平之　臣

拜 P3696·去怪　手

揲 S2071·入薛

撕 唐·去霽

撿 P3693·上琰

擾 P3693·上小

失 唐·入質

攘 P3693·上獮

搗 S2055·平支

　裴·平支

摑 P3694·入沒

　唐·入沒

掩 P3693·上琰

擎 唐·去嘯

挌 唐·入陌

第十二下

婦 P3693·上有　女

母 P3693·上厚

媼 P3693·上晧

妖 P2014·上紙

姣 P3693·上巧

嬌 P3693·上獮

妗 P2011·平鹽

嫋 P3693·上篠

娿 S2055·平之

媕 唐·入合

嬐 P3693·上琰

妞 裴·去宥

　唐·去宥

殢 S6176・去翰	**第十三上**	**第十三下**
唐・去翰	繭 P3693・上銑　糸	螽 S2055・平東　蚰
嫰 唐・入屋	細 P3696・去霽	螽 S2055・平鍾
妒 裴・去暮	終 S2055・平東	蠢 唐・入質
媚 唐・去号	縉 S6176・去震	蟲 S2055・平東　蟲
唐・去号	線 裴・去線	風 S2055・平東　風
媘 P3693・上梗	絣 S2055・平之	裴・平東
嬉 P3693・上獮	綵 P3693・上晧	飆 唐・入物
嫚 裴・去訕	緟 S2055・平鍾	它 S2071・平麻　它
唐・去諫	縻 S2055・平支	龜 裴・平脂　龜
嬈 P3693・上篠	裴・平支	黿 裴・平支　黽
媾 唐・去宥	絮 S2055・平魚	墣 唐・入屋　土
氏 裴・上紙　氏	繇 P3696・去祭	壔 S2055・平東
戟 S2071・入陌　戈	絜 P2011・入屑	埽 P3693・上晧
戲 裴・去寘	唐・入屑	坿 唐・去遇
戚 唐・入錫　戉	纜 P3696・去祭	垂 S2055・平支
我 P3693・上哿　我	彝 S2055・平脂	野 P3693・上馬
義 P3696・去寘	緐 唐・入藥　素	畮 P3693・上厚　田
匜 裴・去候　匚	雛 S2055・平脂　虫	畯 S6176・去震
匹 唐・入質	蚰 唐・入物	留 裴・平鍾
匿 唐・入職	蚩 S2055・平之	難 P3696・去卦　黃
甾 S2055・平之　甾	蝕 裴・入職	勉 P3693・上獮　力
甃 唐・去宥　瓦	唐・入職	勛 唐・去隊
瓮 P3696・去送	蟠 P3696・去霽	券 裴・去線
彊 唐・入鐸　弓	蟙 唐・入德	劦 唐・入怗　劦
彈 唐・入質	蝁 唐・入鐸	
系 裴・去霽　系	蠿 唐・入薛	

第十四上

銅　S2055·平東　　金
　　裴·平東
鎮　S6176·去問
鑗　S2055·平脂
鐃　P3693·上篠
鈔　P2014·上紙
鍑　唐·入屋
鏗　P3693·上厚
鉉　P3693·上銑
錯　ДХ01372·入鐸
鍼　S2071·平尤
鈹　S2055·平支
鉏　S2055·平魚
鈋　唐·入薛
釬　裴·去翰
釭　P2016·平東
厹　S2055·平魚　　几
所　S2071·上語　　斤
斯　裴·平支
斠　裴·入覺　　　車
軝　S2055·平支
轙　S2055·平支
軓　P3696·上范
　　裴·上范

轉　P3693·上獮
董　唐·入燭
輺　S2055·平之
　　裴·平尤

第十四下

自　P3693·上有　　自
陵　S6176·去震
降　S2055·平江
陸　S2055·平支
阺　裴·平脂
陷　唐·入沃
陝　S2055·平之
陲　S2055·平支
馗　S2055·平脂　　九
离　裴·平支　　　内
亂　S6176·去翰　　乙
孼　S2071·入薛　　子
疑　S2055·平之
孱　P2014·平仙　　孨
寅　S2055·平脂　　寅
卯　P3693·上巧　　卯
配　P3696·去隊　　酉
醋　ДХ01372·入鐸
酢　唐·去暮

其他（說文所無）

卌　唐·入緝
愷　唐·去号
欒　唐·去鑑
扒　唐·去怪
倉　唐·入合
甄　P3693·上厚
豐　裴·去問
遉　唐·去徑
蒧　P5531·入錫
　　唐·入錫
慈　S2055·平之
鷖　P2018·平冬
悑　裴·平脂
懊　唐·入屋
枕　S2071·平尤
釀　唐·入屑
赽　ДХ01466·平齊
尵　P2011·平仙
雍　P3696·去宋
祙　唐·去霽
灖　唐·去霰
蠱　ДХ01372·入鐸

附錄註釋：

〔註 1〕P3693「禍　胡果反，二加一，說⋯⋯害也神不福⋯⋯」中有闕文，釋義與今本同。

〔註 2〕S2055「薆　草按也，出說文」依文例「按」字當爲衍文，亦或作「草也，按出說文」，釋義與今本同。

〔註 3〕S2055「苟　且，古厚反，二，說文從艸句聲」字頭闕，今依注解及其他殘卷判斷，應是「苟」字。其引說文釋音云「從艸句聲」，其說與今本同。

〔註 4〕S6013「趲　⋯⋯說文趨進趲如也」前闕，今據《唐‧入職》補，釋義同今本。

〔註 5〕唐韻「彶　說文云塞也，加」字頭闕，今據《王‧入怗》補，釋義與今本同。

〔註 6〕P3693「瞂　⋯⋯說文盾」前闕，今據《集‧入月》補，釋義與今本同。

〔註 7〕P3693「翦　說文羽生也，一曰失羽也，今人共用爲翦割字」字頭闕，今據《王‧上獮》補，釋義與今本同。

〔註 8〕P3696「切　眾，說文從七」字頭闕，今據《王‧去霽》補，釋形與今本同。

〔註 9〕唐韻「餟　祭酹，出說文」字頭闕，今據《P5531‧入薛》補，釋義同今本。

〔註 10〕P2071「窋　按又安，新加」依文例「又」當作「文」，字之誤也，釋義與今本同。

〔註 11〕S6176「癠　劣，按說文病」字頭闕，今據《裴‧去震》補，釋義與今本同。

〔註 12〕P3693「燄　⋯⋯反，一，火行微燄燄也，新加、出說文」前闕，今據《集韻‧上琰》補，釋義與今本同。

〔註 13〕P3693「闛　大，昌善反，二，按說文開」字頭闕，今據《王‧上獮》、《廣韻》補，釋義與今本同。

附錄二：論 ДХ01267 與 ДХ03109

日人上田正〈ソ連にある切韻殘卷について〉〔註1〕根據川口久雄之照片，刊有蘇聯科學院東方學研究所藏《切韻》殘卷一種、二片，存上聲麌韻十四字、二行，題名作「DX3109＋DX1267」，周祖謨《唐五代韻書集存》台灣版〔註2〕亦影印上田正之文以爲補遺，並定爲增字本切韻之一種。

1992 年 12 月上海古籍出版社與蘇聯科學院東方學研究所合作出版《俄藏敦煌文獻》〔註3〕，題名作「ДХ01267　ДХ03109」，並刊布完整照片，共計四片。今個人依完整照片判斷，上田正之文與《俄藏敦煌文獻》均有誤，四片應分別爲二書，每書各二片，容於下文考辨之。

此殘卷最早見於〈ソ連にある切韻殘卷について〉，惟有二片（見附圖一），其文則以爲同一書之斷片，事實則否。又 1992 年 12 月《俄藏敦煌文獻》出版，始得見完整資料，殘卷當爲四片，惟《俄藏敦煌文獻》將《ДХ03109》併入《ДХ01267》處理，亦有不當之處。

一、根據《俄藏敦煌文獻》所載，共有「ДХ01267　ДХ03109」長短二片、「ДХ01267　ДХ03109　V」長短二片（見附圖二），依其所存字數可表示爲：

長 1.「取一樓」（題名 DX1267）

長 2.「陋一僂一褸一簍一嶁一漊」

短 1.「數一踽一椇一枸」（題名 DX3109）

短 2.「陋一僂一褸一簍」

此殘卷起訖字數與《王・麌韻》較爲相近，根據《王・麌韻》，自「數」紐以下

〔註1〕〈ソ連にある切韻殘卷について〉（東方學第 62 輯，1981 年 7 月），頁 55～65。

〔註2〕周祖謨：《唐五代韻書集存》（台北：學生書局，1994 年 4 月臺 1 版）。

〔註3〕《俄藏敦煌文獻》（上海：上海古籍出版社，1992 年 12 月）。

依次當爲「數—矩—踽—椇—枸—蒟—聥—楰—椇—狗—取—縷—陬—僂—褸—簍—嶁—漊」，而長2片與短2片同爲「陬—僂—褸—簍」以下諸字，必不爲同一書是矣。其尤易辨別者，「陬」字長2片作「陬　贏陬、縣名，在交阯，贏字洛朱反」，短2片作「陬　贏陬、縣名，在交阯，贏字洛于反」，切語下字一作「朱」、一作「于」判然有別，此亦長、短二者非同一書之確證。

　　二、自文書之款式、形制判斷，兩長片均有直、橫格線，字次爲「取—縷—陬—僂—褸—簍—嶁—漊」，與《王韻》全同，當爲一書。兩短片字次爲「數—矩—踽—椇—枸□□□□陬—僂—褸—簍」，亦爲同一卷所割裂。復原後之面貌應如附圖三所示，根據文書接合處推斷，似爲一卷之前後連書〔註4〕，惟因資料太少且未見原物，故未敢斷言。

　　三、自原卷上之編號推斷，此卷於俄人掠去之時，應爲二長片爲一組，編號「DX1267」；二短片爲一組，編號「DX3109」，之後移入科學院收藏時散失。日人但得長2與短1之照片，未明其本，遂誤將其合爲一書；後《俄藏敦煌文獻》之編輯者，亦未能明其本。

　　綜上所述，個人認爲《俄藏敦煌文獻》題名作「ДХ01267　ДХ03109」四片者，應依其長短分別爲二書，每書各二片，並依其原編號分爲《ДХ01267》與《ДХ03109》，恢復其舊貌以利學術研究。

〔註4〕如二長片邊緣有一破裂處，若合符節。

附圖一

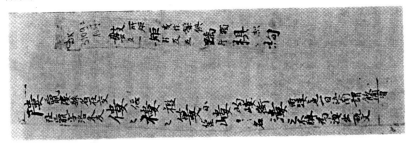

附圖二

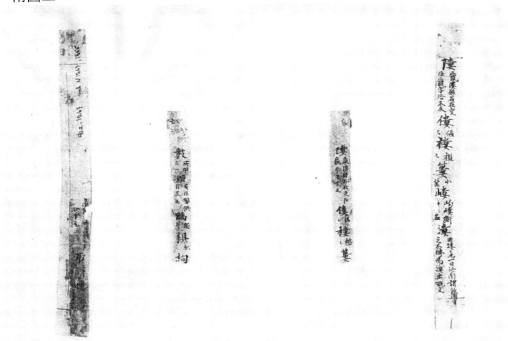

俄 Дx01267 Дx03109 V 刊謬補缺切韻　　　　俄 Дx01267 Дx03109 刊謬補缺切韻

附圖三